KB004610

# 아내수업

낯선 아내를 만나러 갑니다

# 아내수업

김준범 지음

북레시피

# 프롤로그

결혼 11년 만에 낯선 아내를 만납니다.

남편으로 살아온 지난 긴 세월 동안 '아내의 공간'에 대해 무심했던 나를 발견하게 되었습니다. 2006년 가을, 결혼 날짜를 잡자마자 나는 폴란드 주재원으로 떠났고, 혼자 신혼집을 정리한 아내가 뒤를 따랐습니다. 폴란드행 비행기에 오르는 순간, 아내는 가장 가까웠던 부모와 가장 멀어지게 되었고, 남이었던 남자와 가장 가까운 곳에서 살게 되었습니다. 부부가 되었음을 그제야 실감한 아내에겐 설렘도 두려움도 있었을 겁니다.

그런 아내에게 전 이기적인 남편이었습니다. “내가 뭣 때문에 이 고생을 하는데”라고 화를 낼 때면 아내는 조용히 눈물만 흘릴 뿐이었습니다.

남편과 심하게 다툰 날이면 아내는 갈 곳이 없습니다. 폴란드의 이국적인 삶을 꿈꿨을 테지만, 아내는 그저 이방인에 불과했습니다. 집에 있자니 우울하고, 친정으로 갈 수도 없었습니다. 다툼이 있을 때면 아내는 몸을 숨길 공간이 없습니다. 남편에게는 직장이라는 피난처가, 아이들에게는 학교라는 피난처가 있지만 아내에게 허락된 공간은 그 어디에도 없었습니다.

그 때문이었을까요. 젊디젊은 아내에게 ‘암’이 찾아왔습니다. 그제야 정신이 번쩍 들었지요.

한날 꿈을 꾸었습니다. 누군가가 그러더군요. 살고 싶으면 당신이 가진 것 중 하나를 버리라고. 그래서 고민하다 집을 버렸습니다. 다시 물어옵니다. 살고 싶으면 하나를 또 버리라고. 그래서 직장을 버렸습니다. 버리고 버리다 더 이상 버릴 것이 없는 내게, 다시 물어옵니다. 이제 남은 건 아내와 두 아들뿐입니다. 살고 싶으면 하나를 버리라고…… 왈칵 눈물이 쏟아졌습니다. 더 이상 버릴 것도, 버릴 수도 없었습니다. 나는 그 밤, 버려야 할 것들 가운데서 끝까지 지켜야 할 것들과 마주했습니다.

그 순간, 지금껏 보지 못했던 내 아내가 다시 보였습니다. 투병 기간을 함께 겪어내면서 아내의 발을 주무르기 시작했습니다. 여자치곤 발이 크단 걸 그때 처음 알게 되었습니다. 출근 후, 텅 빈 집에서 아내는 무엇을 하고 있을까. 아내의 시간은 어떻게 흘러갈까. 생각지 못한 세계를 들여다보는 기분으로 낯선 아내를 다시 봅니다. 책에는 내 글에 대한 아내의 솔직한 마음도 함께 담아내었습니다. 이 글은 그간 몰랐던 아내를 향한 못난 남편의 '아내수업'입니다.

내 삶의 주어가 '나'에서 '그녀'로 바뀌는 순간, 가려졌던 아내가 내게로 왔습니다.

당신은 당신의 아내를 얼마나 알고 계신가요?

남편을 위한 '아내수업'을 이제 시작합니다.

차례

## II 아내의 일상 1

## III 아내의 일상 2

## IV 아내의 서재

## V 아내의 유럽

# I

# 아내의 아픔

# 들어가며

2017년 12월 30일 토요일.

한 해를 하루 남겨둔 주말 오후.

시청도서관에서 책을 읽고 있었다. 어느 사이엔가 부재중 전화가 걸려와 있었다. 급했는지 몇 분 후 액정 위에 뜬 문자 한 통. 화면을 여는 순간 숨이 막혔다. 사실이 아니기를 바랐다. 이렇게 허무하게 떠날 거라고는 예상하지 못했다. 지금, 이 순간 누구보다 아내의 목소리가 듣고 싶어 통화버튼을 눌렀다.

"뭐 해?"

"잠깐 쉬려고 누웠어. 웬일이야? 애들은 책 잘 읽고 있어?"

"어, 이제 집에 가야지. 컨디션은 괜찮지?"

"싱겁긴. 잘 있으니 빨리 오기나 해."

둘도 없는 고향 친구의 여동생. 아내와 동갑인데 세상을 떠났다. 남겨진 두 아이들을 생각하니 걱정과 함께 짙은 허무감이 삽시간에 안개처럼 밀려왔다.

오래전 형을 먼저 보냈다. 나는 살고 형은 죽었다. 그날의 나의 아픔을 오늘은 내 친구가 오롯이 안고 있다.

친구는 지난해 초여름 동생이 위암 4기라는 얘기를 처음 들었다. 그 사실을 알게 된 날부터 부산과 서울은 그들의 일일생활권이 되었다. 수술, 입원, 치료를 반복하는 동안 몇만 킬로미터를 달렸을까.

'암'이라는 한 단어가 삶에 던지는 충격은 상당하다. 그 공포감은 일순간 삶의 의지를 말살시켜버리기도 한다. 몸보다 마음의 병으로 먼저 무너지는 질병이 '암'이란 사실을 나는 너무도 잘 안다. 지금 아내도 투병중이니까.

나는 무거운 마음으로 부산으로 향했다. 운전하는 내내

옛 생각에 잠겼다. 같은 학교에서 뛰어놀던 기억들이 자꾸만 코끝을 시리게 했다. 어른이 되고 가끔 장례식장을 찾지만 죽음은 아무리 겪어도 낯설다. 동생의 임종을 혼자 지켜본 친구, 마주 선 나는 아무 말도 하지 못했다. 같은 아픔을 느껴보기 전까지 위로란, 형식적인 말에 지나지 않는다.

문상을 마치고 나오는데 출입문 쪽 전광판에 뜬 숫자들이 눈에 들어왔다.

70, 75, 84, 92, 40.

'겨우 마흔에…… 아프다.'

# 바라봐주지 않으면
# 아픔이 됩니다

2012년 1월, 폴란드 오폴레Opole라는 작은 도시에 있는 회사로 이직을 했다. POSCO-PWPC(포스코 유럽 1호 법인)를 만들고 5년간 주재원 근무를 끝낸 후 두 번째 직장이다. 대표이사와 한국인 팀장 다섯 명을 포함해 400명의 현지인들이 근무했다. 설립한 지 2년이 된 회사의 하루는 눈코 뜰 새 없이 바빴다. 대우가 좋았지만, 맡겨진 일과 책임도 컸다. 모든 것이 낯설고 일하는 방식도 이전 회사와 달라서 적응하기까지 적잖이 어려움도 있었다.

가장은 가족을 위해 존재하지만, 살다 보면 가족을 위해 회사를 우선시하는 결정을 내려야 할 때가 있다. 회사를 옮기면서 내가 먼저 떠나오고, 2개월이 지나 아내와 두 아들이 한국으로부터 도착했다. 그날이 3월 12일이었다.

폴란드에서 오랜만에 온전한 가족이 되었지만, 집은 내게 잠만 자는 공간에 불과했다. 전에 살던 브로츠와프는 제법 큰 도시인 데다 한국기업이 많아 만나서 수다라도 떨 한국인이 있었지만, 이곳에서 아내는 늘 혼자였다. 말도 제대로 할 줄 모르는 네 살, 두 살의 아이들과 하루 종일 실랑이하는 것이 전부였다. 낯선 땅에서 그들이 할 수 있는 것이라곤 없었다. 아내는 소리 없이 내조할 뿐, 투정 한번 부리지 않았다. 나는 뻔히 알면서도 모르는 척 밖으로만 달려야 했다. 외로움을 바라봐주지 않으면 아픔이 된다는 것을 그땐 왜 몰랐을까.

모두 잠든 시간 들어왔다 새벽같이 빠져나가는 희뿌연 내가 '아빠', '남편'으로 불리기엔 스스로에게도 부끄러운 시절이었다.

"여자는 남자보다 강합니다. 아내는 여자보다 강하고, 엄마는 아내보다 강합니다. 그래서 좀처럼 부러지지도 않습니다. 그러나 여자는 남자에게 한없이 약해지고 싶습니다. 아내는 남편에게 한없이 머무르고 싶습니다. 여자, 아내, 엄마는 '그럼에도 불구하고' 스스로 단단해지려는 존재임을 남자는 알아야 합니다."

## 가족을 위해서 가족의 희생을 강요할 순 없습니다

"자기야, 바쁘다는 거 알지만 오늘은 좀 일찍 오면 안 돼?"

"응, 집에 무슨 일 있어? 빨리 마무리하고 갈게."

아내의 전화를 받고도 서류를 정리하느라 약속보다 한 시간이 늦었다. 거실로 들어서자 차려진 식탁 앞에 등을 지고 앉은 아내의 모습이 눈에 들어왔다. 유찬이는 엄마의 가슴팍에 묻혀 이미 잠이 들었다. "늦었네." 서운함이 짙게 밴 목소리였다. "오늘은 시간 맞춰 올 줄 알았어."

"…… 오늘?"

'아차!' 아내의 생일을 또 지나쳐버렸다.

"그럼 그렇지…… 생일인데 꼭 말을 해야 하나? 남편, 참 밉다. 너 내 편 맞니?"

아이를 안은 채 아내는 방으로 들어가버렸다. 차려준 밥상이 아니라, 차려낸 생일상 위에는 식은 미역국이 퉁퉁하게 불어 있었다.

비행기로 열두 시간, 유럽의 정취가 물씬 느껴지는 폴란드는 아름답다. 그러나 아름다움이 일상이 되면 감흥은 곧 무뎌지기 마련이다. 여행이 아름다운 이유는 돌아갈 날이 정해져 있기 때문이라고 하지 않던가. 한국을 떠나온 아내에게 이곳은 여행지가 아닌 살아내야 할 공간이었다. 공항에 발을 내디딘 순간부터 아내의 언어는 차단되었고, 만남은 단절되었고, 동선은 제한되었다. 국경을 벗어났지만 아내의 세계는 오히려 좁아졌다. 남편이 출근을 하고 나면 온종일 두 아이와 시간을 보낸다. 바깥 풍경이 익숙해졌을 즈음 문득 이곳이 외딴 섬처럼 느껴졌을지도 모른다. 특히나 오늘 같은 생일을 보내야 하는 날에는…….

철없는 남편은 잠든 아내의 등만 물끄러미 쳐다보다 잠이 들었다.

“‘내가 뭣 때문에 이 고생을 하는데’라고 화내는 당신, 맞아요. 알아요. 그래서 고마워요. 하지만 가족을 위해서 가족의 희생을 강요할 순 없는 거예요. 바쁘다는 거 알지만, 그래서 나도 인내하지만 ‘가족을 위해서’란 말을 말이 아닌 가슴으로 느끼게 해주세요. 가족에게는 바꿀 수 없는 가치가 있어요. 지금 이 순간 우리가 서로 사랑하고 있다는 믿음이에요.”

# 말은 마음을 긋는 칼이 되기도 합니다

오폴레로 이사 온 이후에도 나는 기회가 되면 골프를 쳤다. 어느 날 거래 은행에서 주최하는 1박 2일 골프 모임에 초청을 받았다. 아내에게 이야기했지만 반응은 시큰둥했다. 손꼽아 기다리던 날을 며칠 앞두고 유신이가 갑자기 아팠다. 원인 모를 붉은 반점이 온몸에 가득했다. 가렵다고 우는 유신이가 가여웠고, 이유를 알 수 없어 답답했다. 음식, 물, 벌레 아니면 놀이터에서 풀독이 올랐는지도 모를 일이다. 병원에 가서 의사를 만나도 속 시원하게 이야기를 듣지 못했다. 아이는 울고 시간이 지나도 호전이 안 되니 이틀 앞으로 다가온 골프 모임에 갈 수 없을까봐 짜증이 났다. 아내는 아이가 아픈데 그놈의 골프를 꼭 가야 하느냐고 화를 냈다.

"당신이 자주 가렵다 하고 몸에 두드러기가 나니까 애도 엄마 닮은 거잖아. 혹시 유전 아니야?" 화를 참지 못하고 내가 먼저 내뱉은 말이다. 아내의 입술이 파르르 떨렸다.

"어떻게 그런 말을 해? 너무한다, 정말."

아내는 결혼 전부터 원인을 알 수 없는 두드러기가 생기곤 했다. 갑자기 붉게 부어오르며 가려워 참을 수 없을 때는 항히스타민제를 복용해야 했다. 증상은 폴란드에 온 후로 더 심해졌다. 입과 목 안으로 두드러기가 번질 때면 호흡까지 곤란해지는 일이 있었다.

그런 상황을 누구보다 잘 알면서 아내에게 상처가 되는 말을 하고 말았다. 부부싸움을 하면 내 목소리만 키웠고, 듣기만 하던 아내의 커다란 눈에서 눈물이 뚝뚝 흐르고 나서야 끝이 났다. 그날도 아내는 소리 없이 울기만 했다.

다행히 유신이는 병원에서 처방해준 물약(아내가 먹는 약과 성분이 같은)을 먹고 곧 호전되었다. 나는 예정대로 1박 2

일 골프 모임에 참가했다. 아내에게 안부 전화를 했지만, 그녀의 목소리에서는 아무런 감정이 느껴지지 않았다. 말이 줄어든 만큼 부부생활에 점점 먹구름이 몰려오고 있었다.

"몸의 감기는 약으로 금방 진정될 수 있지만, 마음의 감기는 원인을 해결하지 않는 이상 회복되지 않습니다. 말은 마음을 긋는 칼입니다. 소중한 사람일수록 말은 조심해야 합니다. 모임을 떠나는 날, 내 목소리에서 아무런 감정을 느끼지 못하셨나요? 나는 감정을 드러내지 않는 것으로 당신에게 호소하고 있습니다. '나도 아이도 아직 많이 아파요'라고. 그 목소리를 들어주는 자세를 '이해'라고 하지요. 이해는 머리로 하는 게 아닙니다. 내가 침묵하고 있다면 그때는 꼭 곁에 있어주세요."

# 혼자 아이를 낳고
# 혼자 키우고

"김서방, 아들일세."

2009년 11월 30일. 첫째의 출산 소식은 회의 중 국제전화로 들었다. 핏덩이의 모습은 사진으로만 남아 있다. 아이를 안고 병실에 누워 있는 아내. 헝클어진 머리를 한 아내의 얼굴과 온몸은 퉁퉁 부어 있었다. 한 달 후 나는 크리스마스 휴가를 내고서야 아이를 안아볼 수 있었다.

2011년 10월 26일. 둘째의 출산 소식은 더 힘들게 들어야 했다. 주재원 근무가 끝나가는 즈음, 둘째 출산이 예정

되어 아내와 첫째를 한국으로 먼저 보냈다. 분만중 아이 머리가 나오지 않아 흡입기계까지 사용해서 어렵게 출산을 했다. 그래서인지 유찬이의 머리 골격은 왼쪽이 더 튀어나와 있다. 이번에도 둘째 소식을 전화로 들어야 했고 두 달이 더 지나서야 아이를 안아볼 수 있었다.

나는 참 편하게 두 아이의 아빠가 되었다.

"당신의 자리는 언제나 회사였습니다. 그 자리에서 아빠가 되었다는 소식을 듣고 어땠나요? 아마도 조금은, 미안했겠지요. 이해합니다. 출산 예정일에 맞춰 한국으로 올 수 없다는 것도요. 가족을 위해 타국에서 열심히 일하는 모습이 참 대단해요. 하지만, 여자 혼자 긴 시간 분만실에서 출산하는 고통은 남자, 남편들은 모릅니다. 두 아들을 혼자 출산한 나는 아팠어요. 몸도 마음도."

# 나는 남편입니다

한국으로 출장을 다녀오던 날, 폭설로 인해 비행기가 두 시간 지연되면서 자정 가까운 시간이 되어서야 브로츠와프 공항에 도착할 수 있었다. 피곤이 밀려왔다. 밤길을 운전하기에는 위험해 결국 시내에서 자고 다음 날 아침 집에 도착했다. 전날 비행기가 늦는다고 연락은 했지만 일주일간 혼자 아이들을 돌보던 아내는 내 얼굴을 보자마자 참았던 울음을 터뜨렸다. 캐리어를 발로 차고 한국에서 사온 선물도 마룻바닥에 던져버렸다.

"난 뭐 하는 사람이야? 넌 뭐야! 나한테 뭐냐고!!"

큰 소리로 엉엉 울었다. 무슨 일이 있었는지 말도 없이 그동안 쌓인 남편에 대한 미움과 육아 스트레스, 외로움이 뒤섞인, 원망 가득한 눈물이었다. 정말 미안하다고 안아주었지만 치우라고, 꼴 보기 싫다고 방으로 들어가버렸다. 영문도 모르고 아침부터 엄마를 따라 우는 아이들을 안고 달랬다. 아내의 화난 모습을 결혼 6년 만에 처음 보았다. 마음속에 담아두기만 하고 표현하지 않던 아내. 혼자 감당하기 힘들었던 외로움이 우울증으로 바뀐 것 같았다. 한 시간이 지나서 퉁퉁 부은 얼굴로 아침을 챙겨주러 나오는 아내의 목소리는 여전히 울먹였다.

"내일 같이 병원에 가야 해." 아내의 지시 같은 부탁에 대꾸는 하지 않고 고개만 끄덕였다.

"의사가 보호자랑 같이 오래." 무슨 일인지 자세하게 말하지 않는 아내. 그래서 더 불안했다.

얼마 전부터 아내의 아랫배가 불러오기 시작했다. 혹시나 싶어 임신테스트도 했지만 임신은 아니었다. 무슨 일인지 확인하려고 초음파 검사를 받았다. 의사의 서툰 영어와 폴란드 말이 잘 이해가 되지 않았다. 곧 말이 안 되는 이야기에 내 귀를 의심했다. 오른쪽 난소가 19센티로 크게 자라 있었다. 의사도 놀란 표정으로 개복수술이 필요하다고 했다. 망설였다. 수술하기 전까지는 암인지 물혹인지 알 수도 없었다. 낯선 나라, 병원과 의료 수준에 대한 믿음도 없는데 암일지도 모른다는 불안함. 아내는 친정에 가고 싶다고 했다. 한국에서 제대로 된 진단과 필요한 치료를 받는 것이 더 현명했다. 회사에 급히 휴가를 내고 입을 옷만 챙겨서 다시 프라하 공항에 도착했다. 인터넷을 뒤져가며 어떤 병인지 알아보았다. 큰 문제가 아닐 것이라며 다독였지만 속마음은 답답했다. 아이들이 걱정할까봐 애써 웃고 있는 당시의 아내 사진이 아직도 남아 있다.

귀국하자마자 전문병원을 찾았다. 며칠 사이에 난소의 혹은 더 커져 있었다. 수술 날짜를 정하고 그날 입원실을 잡았다. 입원 수속을 마치고 나는 처갓집으로 향했다. 아내의 간호를 위해 필요한 물건들을 챙겨야 했다. 아이들은 장모님께 부탁했다. 아무것도 모른 채 빨리 오라고 손을 흔드는 아이들을 두고 나왔다. 멀어져가는 아이들을 보며 아내

곁으로 갈 때의 마음은 복잡했다.

나는 병원 공기가 익숙했다. 수술, 교통사고 치료, 그리고 형의 병간호를 하던 시절 입원실이 떠올랐다. 두 번 다시 이런 식으로 병원에 오고 싶지 않았지만…… 현실은 피할 수 없었다.

지금 내가 해야 할 일이 뭔지 잘 안다. 나는 남편이기에.

"좋을 때 좋은 사람이 되는 건 누구나 할 수 있어요. 좋을 수 없는 상황일 때 기꺼이 그를 위해 헌신하는 관계가 진정 아름다운 관계입니다. 시련이 닥쳤을 때 오히려 단단해지는 것이 부부입니다. 한쪽의 아픔이 한쪽만의 아픔이 아니라는 사실을 깨닫게 되지요. 그래서 부부는 한 몸이라고 합니다. 힘든 시간이지만 여전히 나를 사랑하는 남편의 마음을 확인했습니다."

# 부부는 닮는다죠

부부는 닮아간다. 우리 부부도 생긴 것이 비슷하다는 말을 종종 들었다. 그래도 아픈 것까지 닮을 필요는 없었다. 나는 어릴 때부터 많이 다쳤다. 초등학교 1학년 겨울, 소죽을 끓이던 가마솥에 빠져 엉덩이에 큰 화상을 입었다. 그때 형이 달려와 꺼내지 않았다면 나는 남자 구실을 할 수 없었을 테고, 결혼도 못 했을지 모른다. 당연히 귀여운 아이들도 태어나지 못했을 테고 말이다.

2년 가까이 엎드려 잠을 잤다. 소풍도 선생님 등에 업혀 다녀왔다. 지금도 손바닥만 한 화상 흔적이 남아 있다.

그리고 1998년 2월, 아내보다 먼저 큰 수술을 받았다.

# 그날을 생각합니다,
# 1998년 2월 20일

"김준범 씨 병명은 경추 척수종양입니다. 크기는 지름 1센티 정도로 C3, C4 경추 사이 왼쪽 팔로 이어지는 신경에 자라고 있습니다. 척수에 이 정도 크기의 종양은 아주 위험합니다. 그냥 두면 언제 전신마비로 이어질지 모릅니다. 수술을 해야 하니 바로 입원하세요."

왼쪽 팔에 감각이 없어 찬물과 뜨거운 물을 구분할 수 없었던 이유, 손에 쥔 물건이 떨어지는 것도 몰랐던 이유를 알았을 땐, 이미 늦었다.

육사 졸업식을 한 달도 채 남겨두지 않은 때였다. 국방부에서 임관사령장이 나왔고, 공학사 학위도 받았다. 육군 소위가 될 자격은 갖췄다. 하지만, 대통령을 만나는 졸업식보다 더 중요한 것은 나의 건강. 숨 쉴 틈 없는 내무생활과 공부, 유격훈련과 100킬로 행군, 공수훈련을 받으며 어깨 통증은 점점 심해졌다. 엑스레이를 찍어보니 왼쪽 어깨가 3센티 탈골이 되어 있었다. 수술을 받으면 동기생들과 같은 해 졸업을 못 할까봐 밤마다 어깨에 하얀색 맨소래담을 흥건히 발라가며 아픈 것을 숨겼다. 졸업식까지 어떻게 버텨보려고 했지만, 이미 한계를 넘어서 있었다.

수술 전날 의사는 수술 방법, 시간, 위험한 정도, 후유증 등을 설명했다. 전신마비까지 각오하라는 말과 함께 수술이 잘되더라도 왼쪽 팔을 사용하지 못할 수 있다고 했다. 옆에 계시던 아버지는 제발 그런 일이 없도록 해달라 부탁하며 의사에게 매달리셨다. 아버지 손을 잡고 걱정하지 마시라 하고는 담담하게 동의서에 사인을 했지만, 내 손 역시 떨리고 있었다.

그날 밤 잠을 잘 수 없었다. 의사가 한 말은 일어날 가능성이 희박한 최악의 시나리오라며 애써 마음을 추슬렀지만, 오늘 밤이 지나고 나면 어쩌면 걷지 못할 수도, 어쩌면 왼쪽 팔을 움직이지 못할 수도 있었다. 스물두 살의 나는 두려웠다. 그렇게 아침이 밝아왔다. 아무것도 먹지 못했다. 수술 준비를 위해 간호사와 의사가 말없이 내 몸에 무언가를 넣었다. 소변줄이라며 성기를 잡고 방광까지 튜브를 밀어 넣었다. 따갑고 쓰라렸다. 노란색 소변이 주룩 흘러나왔다. 호흡을 위해 콧구멍으로 바셀린이 발린 튜브를 기관지까지 밀어 넣었다. 아파서 눈물이 주르르 흘렀다. 천천히 해달라고 부탁했지만, 빨리 해야 덜 아프다며 계속해서 밀어 넣었다. 힘들게 준비를 마쳤다. 이런 내 모습에 수치심이 일었다.

수술실로 데려가는 바퀴 달린 침대가 들어왔다. 옮겨 누웠다. 천장만 바라보았다. 내 손을 꼭 쥔 어머니는 수술실까지 따라오셨고, 부모님을 비롯해 형들, 누나들 모두 나를 위해 기도해주었다. 적막한 시간이 흐르는 사이 수술복을 입은 사람들이 나왔다. '내 차례다.' 나는 낯선 공간으로 들어섰다. 분주히 준비하는 사람들의 목소리가 들렸다. 잠시 후 몸이 허공으로 번쩍 들려 수술대 위로 옮겨졌다. 수술조명에 눈이 부셨다. 그러나 이내 불빛은 흐릿해져갔다. 사람들의 목소리도 귓가에서 멀어지더니 스르르 잠이 들었다.

목의 뒷부분을 정확하게 11센티 자르고 세 번째, 네 번째 목뼈를 잘랐다. 뇌에서 내려오는 척수에서 왼쪽 팔로 이어지는 신경다발에 자라난 종양. 신경을 손상시키지 않고 정밀하게 제거해야 하는 어려운 수술. 잘랐던 두 개의 목뼈를 다시 철실로 고정하고 열 시간의 수술은 끝났다. 공교롭게도 같은 날 비슷한 시간에 이름이 같은 환자가 수술을 받았다. 세 시간이 지나서 '김준범 수술 끝 회복실 이동'이란 안내에 부모님은 일찍 잘 끝났다고 안도하셨다. 곧 다시 '김준범 수술중'으로 바뀌는 소동이 있었다. 나는 계속 수술중이었다.

다음 날 새벽 희미하게 들려오는 아버지의 목소리. "준범아, 아버지다." 마취에서 잠깐 깨어났다. 입과 코에 가득 물려 있는 호흡기구들 때문에 대답을 할 수 없어 "에~" 하는 소리만 냈다. 눈만 겨우 뜨고 아버지와 형의 얼굴을 알아보았다. 몸도 움직여지지 않았다. 왼팔, 내 왼팔은…… 반드시 움직여야 하는데…… 왼손가락을 까딱 움직였다. 움직여진다. 이제는 느껴야 한다. 아버지가 내 손을 잡았다. 굵고 거친 손마디가 느껴졌다. 당신의 60년 삶의 굴곡이 그대로 나에게 전해졌다. 아! 얼마 만에 느끼는 감각인가! 살았구나. 눈물이 흘러 다른 쪽 눈으로 들어가 같이 흘러내렸다. 그리고 다시 긴 잠에 빠져들었다. 아직도 잊히지 않는 굳은살 가득한 아버지의 손. 손끝에 느껴지는 감각은 희망이자 새로 태어난 것 같은 기쁨이었다.

중환자실에서는 간호사가 정기적으로 나를 움직여주었다. 욕창을 방지하기 위해서다. 멀쩡한 목뼈를 잘랐다가 다시 고정했으니 뼈가 붙을 때까지 움직일 수 없었다. 그래서 소변줄과 호흡관을 수술 전에 달아놓은 것이다. 사흘째 되는 날 중환자실을 벗어났다. 일반 병실로 돌아와서도 몸을 혼자 가눌 수는 없었다. 2주 후면 졸업식인데 참석할 수 있을까? 수술을 너무 쉽게 생각했던 나. 졸업식은 어렵겠다. 게다가 이젠 오른쪽 어깨와 팔에 감각이 없다. 의사가 말한 수술 후유증이다. 오른손잡이인데 숟가락을 들 수도 없다. 어머니가 밥을 먹여주셨다. 아이에게 밥을 먹이듯. 다시 아이가 되었다.

졸업식에 참석했다. 장교정복에 소위 계급장을 달아주신 아버지와 선배님의 축하를 받았다. 여전히 목에는 깁스를 하고 있어 고개를 돌리지 못하고 앞만 쳐다보았다. 내 인생을 바꾼 대수술이었다. 다행스럽게도 양성종양으로 판정을 받았지만, 군복무 부적격으로 전역을 했다.

"어느 날, 느닷없이 삶과 죽음의 갈림길에 내몰렸을 때의 아득함을 그 누가 짐작이나 할까요. 아픔은 같은 아픔을 겪어본 사람이 제일 잘 알아요. 서로 누구보다 잘 안다고 생각했지만 내가 모르는 당신, 당신이 몰랐던 나의 삶이 아직 우리 사이에도 가득하네요. 오늘 당신의 세상을 한 걸음 더 이해할 수 있었습니다."

# 첫 수술 그리고
# 재수술

아내가 입원한 지 이틀 만에 수술 일정이 잡혔다. 수술실 앞까지 아내 손을 놓지 않았다. 아내를 혼자 보내고 초조한 기다림만 이어졌다.

한 시간이 지나고 간호사가 보호자를 찾았다. 수술실 앞으로 오라고 나를 불렀다. 잠시 후 수술용기에 담긴 피가 흥건한 난소 조직을 펼쳐보였다. 당신 아내의 몸에서 나온 것이니 확인하라는 간호사. 낯선 나라에서 주재원 아내로 살아오며 견뎌온 외로움과 고통의 결정 덩어리일까. 아내의 몸에서 잘려 나온 덩어리에 숨이 막혀왔다. 피 냄새가 진동했다. 오래 볼 수가 없었다.

수술 부위가 양성인지 악성인지 응급 조직검사에 들어갔다. 정확한 진단이 나오기까지 2주나 걸린다지만 일단은 양성으로 보인다는 얘기를 들었다.

의사는 수술이 잘 끝났으니 걱정하지 말라고 했다. 이제 회복만 하면 된다. 마취가 덜 깬 상태로 병실로 옮겨진 아내 옆에서 손을 꼭 잡아주었다. 힘없는 손, 창백한 얼굴은 유신이가 태어나던 날 찍은 사진처럼 지쳐 있었다. 혼자 아이를 출산하던 그날의 모습을 보는 것 같았다. 나는 아내 곁을 지켰다. 그리고 일주일 후 퇴원한 아내를 처가에 두고 폴란드로 돌아왔다. 얼마 후 기다리던 조직검사 결과를 받았다.

'C'

진단서에는 '악성'을 의미하는 C코드가 적혀 있었다. 2013년 3월, 내 아내가 암 환자로 등록이 되었다. 폴란드 직원들이 말했다. "팀장님, 아내 곁에 있어주세요. 지금 팀장님이 있을 곳은 직장이 아니라 아내와 가족의 곁입니다. 후회하지 않기 위해서라도 당장 한국으로 돌아가세요. 가족보다 소중한 것은 없어요."

한 달 만에 아내는 다시 수술대에 올랐다. 두 번째 수술은 주변의 장기들을 살펴보고 장막과 림프절을 떼어내 혹시 있을지 모를 전이를 확인하기 위해서였다. 다행히 주변으로 전이가 없다는 말에 안심했다. 그때까지만 해도 정말 괜찮을 줄 알았다.

2013년 5월, 우리는 영구 귀국했다. 그렇게 7년 만에 다시 서울로 돌아왔다.

"인생은 파도와 같아요. 한고비 넘겼다 싶으면 다시 찾아오지요. 마흔을 넘기면서 깨닫네요. 끊임없이 몰아칠 파도라면 기다리는 자세를 달리해야 하지 않을까 싶어요. 무작정 기다릴 것도 걱정할 것도 없이 때가 되었을 때 서로에게 최선을 다하는 것. 결혼이란 거 잘했다 싶어요. 모든 사람이 등을 돌려도 내 손을 놓지 않을 누군가가 있다는 거, 참 든든한 일이에요. 함께 이겨온 지난 시간들은 우리의 삶에 지워지지 않을 인생기록으로 남았어요. 우리 두 사람의 이야기는 어떤 결말을 맺을까요. 그건 당신과 내가 적어가는 대로 이루어지겠지요."

# 내려놓으니
# 삶이 회복됩니다

컨테이너에 실어 보낸 이삿짐이 도착하고 이사를 마치는 데 두 달 가까운 시간이 걸렸다. 그사이 처가에 살면서 가까운 곳에 전셋집을 알아보았다. 북한산이 잘 보이는 아파트 17층. 처가는 걸어서 15분 거리고 어린이집도 가까웠다. 13년간 쉬지 않고 일만 해온 나도 이참에 푹 쉬며 남편이자 아빠로 점수를 따고 싶었다. 집안일은 나의 몫이었다. 아침에 아이들을 어린이집에 등원시키고 오후면 데리러 갔다. 그사이 마트에서 아내와 장을 보고 집 청소를 했다. 아이들과 놀아주고 집 뒤 개울가로 산책을 다녔다. 북한산과 도봉산에 있는 사찰에서 점심공양도 하고 기도를 했다. 여름이 가고 낙엽이 지는 시간을 보냈다. 북한산 백운대에 그려진 겨울 석양을 바라보며 생각에 잠기기도 했다. 앞으로 난 무엇을 해야 할까?

아내도 어느새 엄마 역할을 할 만큼 힘이 붙었다. 아팠던 사실은 가족들의 기억에서 차츰 옅어져갔다. 이제 일을 해야 했다. 구직사이트에 올린 이력서를 본 헤드헌터들은 나에게 적당한 자리가 있을 때마다 연락을 했다. 몇몇 회사는 최종면접까지 가기도 했지만 결국 선택받지는 못했다. 한국을 오래 떠나 있던 탓이다. 백수 기간이 길어지면서 점점 조바심이 났다. 말씀은 안 하셨지만 당시 장모님의 걱정을 모를 리 없었다.

마침, 괜찮은 기업의 유럽 법인 관리팀장 제안이 들어왔다. 근무조건과 출근일을 조율했다. 일을 하고 싶었지만 혼자 바르샤바로 가야 했다. 최소 1년은 떨어져 살아야 했다.

"이제 한국에서 살고 싶어. 아이들도 한국에서 키우자. 해외에서 오래 살았고, 더 이상 외롭기 싫어. 가족은 함께 해야지."

아내의 생각은 분명했다. 더 고민할 이유가 없었다. 입사제안을 정중히 거절했다. 나는 조급한 마음을 갖지 않기로 했다. 한국에서 가족과 함께 살 수 있는 직장을 구할 수 있을 것이라 믿었다. 서울이건 지방이건 상관없었다. 가족과 함께할 수 있다면 무엇이든 할 준비가 되어 있었다.

내 인생에서 가장 여유로웠던 시간은 그 백수 시절이다. 그때 처음 글을 쓰기 시작했다. 두 사람이 네 식구가 되기까지의 여정을 되짚어가며 말이다. 글이란 게 참 묘하다. 키보드 위에 가만히 손을 올리면 기억은 과거를 더듬기 시작한다. 그리고 당시에는 보이지 않던 것들을 하나씩 꺼내서 보여준다. 나란 세계에 가려져 있던 아내의 삶이 조금씩 보이기 시작한 것도 이때부터다. 결혼 후 10년이란 시간이 더 흘러서야 내 앞의 여자에게 눈을 뜨기 시작했다. 그녀가 보이기 시작했다.

"직장이 없는 남편을 지켜보는 동안 마음이 아팠습니다. 불안해하는 게 보였으니까요. 남편이 짊어진 짐이 참 무거워 보입니다. 내 마음의 짐이 되지 않으려고 아무렇지 않은 듯 행동하더군요. 나도 형식적인 격려의 말보다 온전히 내 자리로 돌아가 있는 것이 남편에게 힘이 될 것이라 생각했습니다. 무뚝뚝한 남편이지만 그 뚝심으로 지난 세월을 견뎌온 것도 알게 되었습니다. 지난 8개월 잘 견뎌줘서 고맙습니다."

# 복덩이 아내

쉬는 동안 동네 카페에서 보내는 시간이 길었다. 짬짬이 채용공고를 보면서 지원할 회사를 찾았다. 우연히 포스텍 채용공고가 눈에 띄었다. 포항이면 어때? 행정, 인사, 재무 회계 분야는 해볼 만하다는 생각이 들어 지원서에 정성을 담았다. 큰 기대는 하지 않았다. 유럽에서의 경험이 이 대학교에서 어떻게 평가를 받을지 궁금했다. 아내에게는 이야기하지 않았다.

서류심사에 합격했다. 필기시험인 논술과 인 · 적성 검사를 위해 포항에 내려가야 했다. 아내는 대학교 직원이라는 말에 의아해했다. 신경주역에서 버스를 타고 포항터미널에 도착했다. 포항은 출장으로 몇 번 가봤지만 포항공대가 어디에 있는지는 몰랐다. 네 시간의 시험을 보고 홀가분하게 눈 덮인 캠퍼스를 둘러보았다. 다시는 올 기회가 없을 줄 알았다. 필기시험도 합격하고 1차 면접을 위해 다시 포항에 갔다. 기대 이상의 선전이다. 어디가 끝일까. 면접에서도 소신껏 내 경험과 생각을 말했다. 일주일 후 총장님과 최종면접을 보았다. 영어면접이었지만 크게 어려움이 없었다. 2014년 3월 11일 저녁 무렵, 메일을 한 통 받았다.

안녕하세요.
포항공과대학교 인사팀입니다.
최종합격을 진심으로 축하드립니다.
향후 입사일 및 준비서류 안내 등 관련하여
연락드리도록 하겠습니다.
감사합니다.

포항공과대학교 인사팀 이○○ 드림

믿을 수 없었다. 꿈같은 일이다.

"축하해. 이런 기쁜 일이 있을 줄이야. 어려웠을 텐데 너무 수고 많았어."

"아빠! 뭔지 잘 모르지만 엄마가 너무 좋아하니까, 저도 축하드려요."

서른여덟. 적지 않은 나이였다. 그래서 마음을 비우고 도전했다. 최종합격을 하던 날 가물었던 내 마음에 아이들과 아내의 행복한 웃음이 폭포수처럼 쏟아져 내렸다. 한국에 있자고 하던 아내의 말을 따랐더니 더 좋은 일이 생겼다.

다시 몇 개월 주말부부를 했지만, 포항에서의 직장생활은 만족스러웠다. 그해 9월 정규직이 되었고 가족도 포항으로 이사를 했다. 여든이 머지않은 부모님도 좋아하시고 아내와 아이들도 마냥 기뻐했다. 아내를 만나고 나서 좋은 일이 많았다. 결혼도 했고, 유럽 주재원이 되었고, 착한 아이들도 태어났고, 세계적인 대학교에 근무하게 되었다. 아내는 남편의 인생을 바꿔준 복덩이다.

"여보, 축하해요. 당신에게 고마워요. 다시 해외에 나가 외롭게 살 자신이 없어서 한국에 있자고 말했을 때, 당신의 앞날을 막는 것 같아 미안했어요. 아무런 내색하지 않고 묵묵히 가장의 역할을 다해주셨어요. 오늘은 우리 가족 모두가 무척 기쁜 날입니다. 행복을 가져다준 당신이 나에게 복덩이예요."

# 재발, 제발!

행복은 너무 짧았다. 2014년 11월 말, 아내의 혈액검사에서 이상소견이 보인다는 의사의 전화를 받았다. 정밀검사를 해야 한다는 이야기를 조심스럽게 꺼냈다. 과녁에 꽂혀 여진을 이겨내지 못한 화살처럼 파르르 몸이 떨려왔다. 아내도 어지러운 듯 출렁이고 있었다. 두 번의 수술이 완벽했다던 의사의 말은 불과 2년도 지나지 않아 우리 가족을 다시 낭떠러지로 내몰고 있었다.

영일대 산책길을 찾았다. 선홍색의 단풍잎은 여전히 아름다웠고 떨어진 잎들은 나무 아래 소복이 쌓여 있었다. 다시 이 길에서 아이들의 웃음소리를 들을 수 있을까. 아내와 손잡고 걸어갈 수 있을까. 자꾸만 불길한 생각들이 머릿속을 어지럽게 맴돌았다. 며칠 후 아내는 아이들을 데리고 서울로 갔다. 영문도 모르는 아이들은 유치원에 안 가서 좋단다. 엄마가 아픈 줄도 모르고.

아내는 검사결과가 괜찮게 나오기를 간절히 바랐지만, 상황은 심각한 방향으로 흐르고 있었다. 의사도 말을 하지 못했다. 따지듯 목소리도 높여보았지만, 무슨 소용이 있겠는가. 그동안 아내와 나는 수술이 잘되었으니 걱정 말라는 의사의 말만 철석같이 믿고, 음식을 조절하지 못했으며 스트레스 관리에도 소홀했다. 더 나쁜 상황은 없을 것이라며 방심도 했다. 그러나 현실은 정반대로 치닫고 있었다. 같은 병원에서 다시 수술을 받고 싶지 않았다. 학교 교수님이 소개해준 의사를 만나러 일산 국립암센터를 찾았다.

"검사결과가 좋지 못합니다. 골반에도 유방에도 의심이 갑니다. 여러 곳으로 퍼져 있습니다. 빨리 수술을 해야겠지만, 열어서 보기 전까진 어떤 말도 할 수 없습니다. 어쩌면 도중에 수술을 포기해야 할지도 모릅니다."

얼음송곳처럼 차가운 말은 피부를 뚫고 순식간에 심장을 파고들어왔다. 의사가 사람처럼 보이지 않았다. 고통받는 아내에게 최소한의 예의 혹은 친절을 베풀어주길 기대했지만 명의名醫의 목소리에는 감정이란 게 느껴지지 않았다. 치가 떨렸다. 상태가 심각하다는 의사의 말에 미칠 것 같았다. 아내는 절대로 행복할 수 없는 운명인가. 남편 하나 믿고 외로움을 참아가며 아내 노릇을 다한 그녀. 꿈도 접고 돌아온 한국인데, 우리에게 왜 이런 시련이 오는가. 내가 전생에 무슨 죄를 지었나. 누구를 원망해야 하나. 무슨 방법을 더 찾아야 하느냔 말이다.

답답했다. 그래도 포기할 순 없었다. 오히려 아내는 담담하게 받아들였다. 오래전 내가 수술을 받을 때 아들을 살려달라고 의사에게 매달리셨던 아버지처럼, 나도 의사선생님에게 아내를 꼭 살려달라고 떨리는 목소리로 애원했다. 아내는 흥분한 나를 담담히 다독였다. 속으론 무서웠으면서…….

그녀가 떨고 있는 내 손을 가만히 잡아주었다.

"꿈을 꾸었습니다. 살고 싶으면 당신이 가진 것 중 하나를 버리라고 해서, 집을 버렸습니다. 다시 물어옵니다. 살고 싶으면 하나를 또 버리라고, 그래서 직장을 버렸습니다. 버리고 버리다 더 이상 버릴 게 없는 제게, 다시 물어옵니다. 이제 남은 건 남편과 두 아들뿐입니다. 살고 싶으면 하나를 버리라고…… 왈칵 눈물이 쏟아졌습니다. 더 이상 버릴 것도, 버릴 수도 없었습니다. 그 밤, 버려야 할 것들 가운데서 끝까지 지켜야 할 것들과 마주했습니다. 지키기 위해 지지 않으리라 결심했습니다."

# 지푸라기라도 잡는 심정으로

"누나! 지금 나보고 무당을 만나라는 거야? 안 그래도 가뜩이나 심란한데 나약해진 마음을 이용하는 무당을 만나서 뭘 어쩌라고."

큰누나도 오랫동안 아픈 몸으로 살고 있다. 내가 몰랐던 심각한 고비도 몇 번을 넘긴 모양이다. 생사의 갈림길에서 늘 누나를 위해 기도를 해준 분이 계시니 한번 만나보면 어떻겠냐고 묻는다. 이해하려고 해도 자꾸만 화가 났다. 의사를 믿고 수술받을 테니, 아내에게는 말도 꺼내지 말라고 했다.

하지만 그날부터 고민이 깊어져 제대로 잠을 이룰 수 없었다. 결국 뭐라도 해보자 싶어 아내에게 조심스럽게 이야기를 꺼냈다. 아내는 오히려 시누이의 마음에 고마워했다. 기도를 해보신 경험도 있고 우리를 위해서 어렵게 말씀해주셨는데 한번 가보자고 했다. 며칠 후 아내를 데리고 경기도 화성으로 향했다.

"어려운 발걸음 하셨습니다. 누나 되시는 분께 이야기 많이 들었습니다. 인상이 좋으시네요. 기도 준비를 하는 동안 따뜻한 방에서 기다리세요. 편하게 내 집이다 하고 생각하세요."

평범해 보이는 외모에 편안한 목소리의 중년 여성. 조금 강해 보이는 눈빛을 가졌지만 거리에서 스쳐도 전혀 눈에 띄지 않을 보통 사람이었다. 편백나무로 만든 집안의 가구들 때문인지 상쾌한 기분도 들었다. 경계심이 조금 사라졌다. 아내 손을 잡고 기다렸다. "기분은 어때? 잘될 거야."
"응, 아프니까 이런 곳에도 다 와보네."

기도를 올리는 방에는 떡과 과일들을 올린 제상이 마련되었고 정면 제단에는 산신령이 모셔져 있었다. 절에서 본 듯한 탱화도 그려져 있고 그윽한 향냄새가 가득 배어 있었다. 제단을 바라보고 아내와 나란히 앉았다. 어려운 기도지만 진심을 다해보자는 선생님. 묵직한 징 소리와 함께 기도가 시작되었다. 방울 소리도 들렸다. 눈에 보이지 않는 무언가 나타났다는 말을 들었다. 접신接神을 한 선생님은 금세 눈빛과 말투가 달라졌다. 순수한 영혼의 동자승이 되었다. 영적으로 높은 동자신이 아내의 몸을 들여다보았다.

"냄새부터 고약한 귀신이 셋이나, 아주 깊숙이 자리를 잡고 있다. 요망한 것들. 좀처럼 떨어지려고 하지 않는구나. 이놈들, 오늘 모두 저승으로 돌아가렷다."

좋은 신과 나쁜 신의 힘겨루기는 얼마간 이어졌다. 좋은 신이 이겼다. 아내의 몸속에서 썩은 뭔가를 한입 가득 빼내고 뱉는 시늉을 서너 번 했다. 아내의 입과 성기를 통해 시커먼 썩은 물들이 쏟아져 나온다고 했다. 한참을 토해내고 이제는 무지개 같은 밝은 빛줄기가 아내의 아픈 환부로 쏟아져 들어간다고 했다. 보이지 않지만 간절히 믿으며, 나와 아내는 기도에 정성을 다했다. 얼마 후 신이 떠나자 선생님은 가쁜 숨을 내쉬었다.

"기도는 잘 끝났어요. 어린 두 아들과 아직 작별할 때가 아니라고 합니다. 암 덩어리들의 영혼은 사라졌어요. 죽어서 더 이상 자라지 않으니 이제 병원에서 수술만 잘 받으면 됩니다. 동자신이 좋은 기운도 주셨으니 괜찮아질 겁니다. 앞으로 좋은 음식으로 몸을 잘 보호하고 매사에 욕심을 버리고 감사하며 살아가세요."

"선생님 감사합니다. 정말 감사합니다."

지친 아내는 더 이상 절과 기도를 하지 못하고 선생님과 함께 방에서 나갔다. 나는 혼자 남아 땀에 흠뻑 젖은 몸을 천천히 식혀가며 절과 기도를 더 했다. 아내를 살리고 싶었다.

"육사생도 출신의 남편은 자존심이 세고 이성적이며 현실적인 사람입니다. 남편의 인생계획 속엔 암이란 고약한 병이 없었습니다. 비현실이 느닷없이 현실 속에 닥쳤을 때 방황하는 남편을 보았습니다. 혼돈의 소용돌이 중심에 선 아내는 흔들리는 남편이 애처로웠습니다. 그를 위해

할 수 있는 일은 조용히 남편의 이야기를 듣고 따라주는 것이 전부였습니다. 선입견은 벽보다 단단하고 담보다 높아서 스스로 무너뜨리기가 쉽지 않습니다. 남편은 자신의 벽을 훌쩍 넘어 나에게 왔습니다. 그의 손을 잡고 난생처음 무당집에 가봅니다. 용하다는 무당보다 남편의 변화가 오히려 신기합니다. 이 사람 덕분에 살아야겠다는 생각이 간절해집니다."

## 세 번째 수술

"이남희 씨 보호자분 지금 바로 수술실로 내려가주세요."

수술이 시작된 지 두 시간도 되지 않아 간호사의 급한 연락을 받았다.

'최소 네 시간은 걸린다는 수술인데, 왜, 무슨 일이지? 아, 잘못된 건가. 의사가 중간에 수술을 포기했다면 어떻게 하지? 아내에게 어떻게 말을 해야 해?' 미치겠다. 심장이 터질 것 같았다. 연락을 받고 수술실로 내려가는 오 분도 채 되지 않는 시간. 형을 떠나보낸 날이 떠올라 두려움이 몰려왔다. 정신이 혼미했다. 제대로 가는지도 모르겠다.

수술실이 어딘지도 찾기 어려웠다. 아니, 솔직히 말하면 찾아가고 싶지 않았다. 곧 닥칠 상황을 피하고 싶었다. 심호흡을 크게 하고 마음의 준비를 했다. 여전히 두근거리는 심장을 부여잡은 가운데 수술방 문이 열렸다.

하늘색 수술복을 입은 명의가 마스크를 벗으며 나에게 다가왔다.

"이남희 환자 보호자세요?"

"네, 남편입니다."

"이쪽으로 가시죠."

"……."

말없이 따라갔다.

넓은 휴게실에는 아무도 없었다.

의사와 단둘이 마주 앉았다. 잠시 침묵이 이어졌다.

심장이 조여들고 귀가 멍했다.

"수술 결과를 알려드려야 할 것 같아서 보호자를 불렀습니다."

"네……. 근데 생각보다 수술이 너무 빨리 끝났어요. 혹시……."

"제가 집도를 했습니다. 제가 할 수 있는 일은 다 끝났습니다. 설명해드리지요."

의사의 눈빛은 차가웠고, 좋든 나쁘든 빨리 이야기를 하려고 했다.

"잠깐만요. 저, 숨 좀 쉴게요." 머리가 아팠다. 다시 심호흡을 크게 했다.

"환자 몸에는 큰 암 덩어리가 세 곳에 퍼져 있었습니다. 열어보니 예상보다 많았어요."

"아…… 네……." 떨리는 목소리로 마른 침을 삼켰다.

"최선을 다해 눈으로 볼 수 있는 모든 암 조직은 제거했습니다."

"여기, 여기, 그리고 여기, 이렇게 저렇게 퍼진 암 덩이들을……."

의사는 전날 아내와 내가 서명한 수술 동의서류에 그려진 인체해부 그림 위에 암의 위치와 크기를 표시해가며 설명을 이어갔다.

"수술은 잘 끝났습니다. 지금 다른 의사들이 남아 있을지 모르는 작은 암세포를 찾는 중입니다. 더 남지 않았다면 봉합수술을 할 겁니다. 두 시간 정도 후에는 수술이 끝날 거예요."

"아, 네……. 선생님 감사합니다. 그럼, 제 아내는 살 수 있나요?"

"그건 이제 환자에게 달렸습니다. 보호자와 가족들 모두가 도와주셔야 합니다. 저는 할 수 있는 최선을 다했습니다. 조직검사 결과에 따라 항암치료 일정을 잡겠습니다. 병원에서 지시하는 처방에 잘 따라주세요."

"아, 그럼요. 무조건 따르겠습니다."

"선생님, 감사합니다."

의사가 자리를 떠나고 한동안 움직일 수 없었다. 눈물이 하염없이 흘러내렸다. 수술을 포기했다는 말을 듣게 될까 봐 무서움에 잔뜩 조여들어 있던 내 심장도 다시 활발히 뛰기 시작했다. 심호흡을 하고 정신을 차려갔다. 의사의 설명은 분명히 희망적이었지만 더 간절하게 아내의 수술이 잘 끝나도록 기도했다. 부모님과 형제들이 함께 병원에서 지켜줄 수 있었지만 나 혼자 감당하고 싶었다. 아내의 보호자는 남편이기에.

몇 시간 후 수술을 마친 아내가 병실로 올라왔다. 마취에서 깨어나며 느껴지는 통증에 신음소리만 낼 뿐 아직 나를 알아보지 못했다. 이마의 땀을 닦아주고 마른 입술은 젖은 수건으로 적셔주었다. 생사를 오간 아내의 손에는 힘이 없었다. 꼭 잡아주었다. '당신, 살아야 해.'

저녁 회진시간, 함께 수술을 담당했던 젊은 여자 의사가 아내를 찾아왔다. 수술 경과를 직접 설명해주었다. 종양을 찾아 제거하면서 사는 데 지장이 없는 장기들도 같이 제거했다. 이제 아이를 갖지도 못하고 여성 호르몬을 만들지 못해 평생 약을 먹어야 한다. 육안으로 확인하며 작은 암세포까지 찾느라 장기들을 많이 움직여서 장기들이 제자리를 찾아가는 동안 통증이 있을 것이라고도 했다.

"선생님, 정말 수술 잘된 거 맞아요? 저 듣기 좋으라고 거짓말하시는 것 아니에요?"

아내의 떨리는 목소리에는 두려움이 가득했다. 마지막 수술임을 알기에 사실 그대로를 알고 싶다는 아내. 자신에게 남은 시간이 얼마나 되는지 속 시원히 의사에게 직접 듣고 싶어 했다. 의사는 진지한 눈으로 아내를 바라보았다. 정말 어려운 수술이었고, 의사 본인과 비슷한 또래의 아내를 위해 최선을 다했으니 반드시 회복되기 바란다며 희망적인 이야기를 전해주었다. 코끝이 시큰거렸다.

"나는 의사의 말을 믿지 못했습니다. 이미 죽음의 끝에 서 있는 것 같았습니다. 수술 전날 남은 시간을 따져보며 내가 해두어야 할 일을 떠올려보기도 했습니다. 두려움이 엄습해올 때마다 숨죽여 울었습니다. 이제 틀렸다는 생각이 들었을 때, 두 아들과 남편의 아침식사가 걱정되었습니다. 아직 엄마 손길이 필요한 둘째 걱정에 가슴이 무너지는 것 같았습니다. 차라리 부담 없이 혼자였으면 하는 생각도 들었습니다. 소중한 것이 생기고부터 나를 놓아버릴 수도 없게 되었습니다. 그래서 살았나 봅니다."

# 아픔 그리고 희망을

아내가 잘 참아준 것이 너무 고마웠다. 하루 이틀 시간이 지나면서 회복되어갔지만, 아직 가스가 나오지 않아 음식을 먹지 못했다. 배에서 핏물은 여전히 흘러나오고 있었다. 아내의 손을 잡고 복도를 돌며 걷기 운동을 시작했다. 일주일 넘게 못 본 아이들을 사진으로 보며 희망을 키워갔다. 병실의 다른 환자들은 남편이 병간호를 잘해준다고 칭찬이다. 이런 남편이 부럽다는 말에 아내도 맞장구를 쳤다. 그녀가 웃기 시작했다.

아내에게 한 가지 부탁을 했다. 남편으로 당신과 오래 살아야 하니 이것만은 꼭 약속해줘.

"아무리 가려워도 약을 먹지 않고 참아내기, 힘든 일이 생기면 혼자 속으로 참지 말고 바로 표현하기, 좋은지 싫은지 자기 의사를 확실하게 말하기, 친구나 가족들에게 전화해 수다 떨면서 조용한 성격을 활달하고 적극적인 성격으로 바꾸기." 아내는 노력하겠다고 답했다.

"노력이 아니라, 실천하고 변해야 해. 그래야 산다고!"

일주일이 지나 퇴원을 앞두고 수술 조직검사 결과를 함께 들었다. 암 덩어리들이 많아 모두 검사하는 데 시간이 오래 걸렸다고 했다. 여러 곳에서 악성 세포가 발견되었고 진행 정도는 3기 말쯤 된다고 했다. 그런데 담당 의사는 암 조직이 조금 이상하다고 했다. 분명히 수술 전 MRI, CT는 물론 피검사에서도 암이 활발하게 자라고 있었는데 수술을 해보니 암세포들이 모두 죽어 있었다는 것이다. 수술 전 이미 세포분열이 멈춘 것 같다는 말에 나와 아내는 깜짝 놀랐다.

병원에 입원하기 며칠 전 기도를 하고 들었던 말이 순간 떠올랐다. 암세포에서 영혼이 사라졌다는 무속인의 말과 의사의 말이 같아서 소름이 돋았다. 믿기 어려웠다. 이런 일이 가능한지 의사에게 되물었지만, 의사도 의아해하며 몇 번이고 검사를 했다고 한다. 더 지켜봐야겠지만 항암 치료는 필요 없을 것이라는 소견을 들었다. 아내의 간절한 기도와 소원을 누군가 들어준 것 같았다.

아내는 지금도 병원에 다니며 마음이 흔들릴 때 그분께 전화를 드린다. 기도가 아내의 건강에 어떤 역할을 했는지는 아직도 잘 모르겠다. 한 가지 확실한 것은 그분과 이야기를 나누면 아내는 두려움이 사라지고 마음의 안정을 찾는다. 긍정적인 마음가짐이 차츰 봄기운처럼 몸에 온기를 전해주기 시작했다.

"믿을 수 없는 일입니다. 기적입니다. 그리고 기적을 만들어준 남편이 나에겐 더 큰 기적입니다."

## 남편의 편지

양희은, 강석우가 진행하는 MBC 〈여성시대〉(2015. 1. 25)에 내가 보낸 편지 글이 소개되었다.

2년 전 한국에 귀국할 때부터 올리고 싶었던 사연이 시간이 흘러 더 여물어졌고 힘겨워졌네요. 저는 올해 마흔이 된 두 아들의 아빠입니다. 사랑하는 아내의 건강회복을 간절히 기원하기 위해 이 사연을 올립니다. 1월 13일이면 결혼 8주년이고, 연애 기간까지 10년의 인연입니다.

(중략)

유럽에서 행복한 나날을 보내던 어느 날 아내에게 이상 신호가 오기 시작했습니다. 처음엔 두 아들을 키우는 데서 오는 육아 스트레스라 생각했고 한국인이 없는 낯선 지방에서 외로움으로 인해 생긴 우울증이라고 여겼는데, 병원에서 난소가 19센티 가까이 커져 있다는 얘기를 듣고 급히 한국으로 귀국하여 수술을 받았습니다. 다행히 난소암 1기로 두 번의 수술을 잘 받았지만, 저의 꿈을 위해 아내의 건강을 돌보지 않는다면 훗날 큰 후회로 남을 것 같아 7년 가까운 폴란드 생활을 접고 귀국했습니다. 아내를 돌보고 어린아이들을 키우면서 건강의 소중함과 가족이 행복임을 알게 되었습니다.

(중략)

아내는 지금 난소암 3기로 얼마 전에 세 번째 수술을 받고 항암치료를 준비하고 있습니다. 나이 서른여덟이면 아직 젊은데 최근에 재발과 여러 군데 전이가 확인되어 몸과 마음이 지쳐가고 있습니다. 바쁜 남편 내조하고 어린아이들 키우느라 친정과 멀리 떨어져 외로움에 키워온 병이 다 이 못난 남편 때문이란 죄책감으로 마음이 무겁습니다. 12년 전 암으로 투병하다 세상을 떠난 둘째 형에 대한 기억이 문득 떠오를 때면, 이번에는 내가 아내를 살리고 가족을 지키기 위해 긴 싸움을 굳건히 이겨내자 다짐하고 소리쳐봅니다. 아내에게 희망을 전해주고자 2년 전부터 생각해오던 〈여성시대〉에 이제야 글을 올립니다.

사랑하는 이남희 씨!
세상에 하나뿐인 당신의 남편입니다. 우리 두 손 꼭 잡고 절대 포기하지 않기로 해요. 잘생긴 두 아들 김유신, 김유찬이 커서 장가가는 모습도 보고 부모의 역할도 꼭 함께해야지요!

그동안 결혼기념일도 제대로 챙겨주지 못했네요. 그때도 병원에 입원하고 있겠지만, 항암치료로 고통스럽겠지만, 남편에게 의지하고 반드시 극복할 수 있다는 믿음으로 웃으면서 살아갑시다.

〈여성시대〉 청취자 여러분! 10년도 안 되는 부부의 인연이 앞으로 50년이 될 수 있도록 따뜻한 격려와 기도 부탁드립니다.

들어주셔서 감사합니다.

결혼기념일이 지난 어느 날 지인의 전화를 받았다. 라디오에서 내 사연을 듣고 놀란 마음에 전화한 것이다. 몰라서 미안하다며, 잘될 테니 힘내라는 격려도 해주셨다. 긴장되는 마음으로 지난 방송을 들어보았다. 사연을 읽으며 안타까워했던 강석우 선생님과 눈물을 흘리며 어렵게 말을 이어갔던 양희은 선생님. 기분 좋고 재미있는 사연이 방송되면 더 좋았겠지만, 그때는 내가 아내를 위해서 할 수 있는 것이 이것뿐이었다. 이후 회사 직원들도 방송 사연을 들었다며 힘내라는 응원을 아끼지 않았다.

아내는 내가 사연을 보낸 것도 모르고 있었다. 미리 말을 했다면 전국으로 퍼져 나가는 방송인 만큼 자신의 이야기를 숨기고 싶어 했을지 모른다. 이미 엎질러졌다. 수많은 청취자가 응원을 해주셨으니 아내는 힘을 내고 반드시 살아야 한다. 살 것이다.

"방송을 들었습니다. 라디오에서 남편과 내 이야기가 나오더군요. 놀라웠지만 부끄럽기도 했습니다. 남편의 편지는 나를 위한 마음이 고스란히 느껴졌습니다. 눈물이 계속 흘렀습니다. 다시 살아야 할 이유가 생겼습니다. 간절하게요. 새 삶이 주어진다면, 남편과 아이들과 행복하게 살고 싶었습니다. 남편의 편지가 나에게 힘을 줍니다."

# II

# 아내의 일상 1

# 들어가며

봄날 들녘에 핀 꽃을 본다. 누가 씨를 뿌려준 것도 아닌데 때가 되면 피고 지는 자연의 섭리가 신비롭다. 이런 생각을 가지고 들여다보면 보이지 않던 것들이 눈에 들어온다. 어떻게 바라볼 것인가가 그 사람의 세계관을 결정한다는 얘기겠다. 나에게 아내는 봄날처럼 찾아왔다. 봄꽃 같던 이남희는 수번의 봄이 되풀이되는 동안 때가 되면 봄꽃처럼 그 자리에 있어주었다. 당연하다 생각하고 산 시간 동안 내겐 한 무리의 꽃 더미가 보였을 뿐 이남희가 보이지 않았다. 그 이름이 이제야 보인다. 봄꽃 같은 이남희가 보인다.

# 아내의 식탁

결혼을 하고 아이를 낳고 '엄마', '아빠'라는 낯선 나로 살아가는 동안 '사랑의 언어'도 변해간다. '알까?' 하는 관심이 '알겠지'라는 단정으로, '좋아할까?' 하는 기대감이 '이정도면'이란 의무감으로 바뀌어가는 동안 나는 아내에게 어떤 남편으로 비쳤을까.

배려가 가득한 조심스러운 물음표로 완결되었던 언어가, 말줄임표에서 성급한 마침표로 바뀌는 동안 대화는 짧아지고, 결정은 빨라지고, 감정은 외면되어갔다. 한쪽에서는 '이해'라는 말을 양해 없이 던지고, 다른 한쪽에서는 이해 없이 '양해'해주어야만 했다.

출근길 문을 나서는데 밤새 잠을 설친 듯 소파에서 아내가 졸고 있었다. 회사 일로 급히 나오느라 피곤하냐는 말 한마디를 건네지 못한 것이 마음에 걸렸다. 이따금 일일엄마가 되어보면 두 아들과 남편 뒷바라지가 보통 일이 아니라는 것을 뼈저리게 느낀다. 그럼에도 불구하고 '밖'에서 일을 한다는 이유로 '안'에서의 쉼을 당연하게 생각하다 보니 집안일에 무심할 때가 많았다.

요즘 들어 내 나이를 까먹는다. 부부의 나이가 정지된 것만 같은 착각이 드는 건 왜일까. 두 아들이 훌쩍 자라는 모습을 볼 때마다 중년의 우리를 생각한다.

새벽같이 일어나 남편 출근시키고, 아이들 학교와 유치원을 번갈아가며 등하교시키는 것만으로도 집안일은 만만치 않다. 삼시세끼 밥을 차리고, 빨래를 돌리고, 널고, 개고, 청소하고…… 열거하자면 끝도 없을 것 같은 가사와 무한반복되는 일상의 고단함만 따져보더라도 아내의 헌신은 대단한 것이다.

고백하자면 나는 보수적인 남편이다. 지금껏 음식물쓰레기를 내 손으로 버려본 적이 없다. 부끄러운 얘기지만 집안일을 도와야 한다는 의식 자체가 박약했던 것 같다.

나이 탓일까 잠을 못 이겨 하는 아내의 잔상이 종일토록 머릿속을 떠나지 않았다. 아내를 위한 밥상을 차려봐야겠다고 생각했다. 이 또한 나이 탓일지도 모르겠다. 밥을 해본 적이 없어 아내의 부엌일을 번잡스럽게 만들 수도 있겠지만, 그래도 노력해볼 참이었다.

만만한 메뉴를 생각하다 미역국으로 정했다. 그런데 막상 해보니 이게 쉬운 일이 아니다. 냉동실을 열어 국거리용 소고기를 찾는데 돼지고기인지 소고기인지 도무지 분간이 가질 않는다. 쉬라고 앉혀놓은 사람에게 자꾸 물어보기가 머쓱해서 망설이다 결국 아내 쪽을 쳐다보고야 말았다. 아내가 눈짓으로 소고기 쪽을 가리킨다. 마른미역을 불리려고 봉지를 거꾸로 세워 털어 넣으려는데 소파에서 다급해진 목소리가 날아들었다. "조금만! 한 주먹 안 되게 넣어요." 불안한 눈빛으로 아내가 보고 있었다. 소파에 푹 늘어지지 못하고, 어느새 아내의 등이 꼿꼿이 섰다.

고기를 써는 동안 '칙칙'거리며 밥 익는 소리가 새어나왔다. 긴장으로부터 잠깐의 여유를 찾은 나는 아내에게 머쓱한 브이를 그려보였다.

"안 하던 짓을 다 하네. 무슨 일이 생길 것 같은데, 혹시 사고 쳤어?"

나무라는 말투지만 아내의 얼굴에는 어느새 온화한 미소가 어려 있었다.

그간 아내의 삶에 얼마나 관심을 두었던가 하는 미안함이 일순간 가슴을 훑고 지나갔다. 막상 해보면 아무것도 아닌 것을…… '칙 칙 칙 춰~' 하는 소리가 난다. 밥 짓는 소리 리듬 타고 불린 미역을 건져낸 다음 팬에 기름을 둘러 달달 볶은 고기와 함께 넣고 한 번 더 볶았다. 참기름 두어 방울 떨어뜨리니 금세 고소한 냄새가 밥솥 증기를 타고 집 안 전체로 퍼져 나간다.

"선물을 할 때는 무엇을 줄 것인가를 생각하는 게 아니라, 무엇을 받고 싶어 할까를 고민해야 해요. 오늘 남편은 나에게 서툰 밥상을 선물했지요. 예고되지 않아서 기뻤고, 보이는 마음이어서 행복했습니다. 밥맛이요? 달달한 마음 볶아 내놓은 밥상인걸요. 꿀맛이었습니다."

# 완벽한 저녁

2017년 11월 6일 월요일. 점심때가 다 되어서야 아내에게 문자가 왔다. 일주일 만에 기다리던 결과를 받았다.

"검사결과 이상 없대."

아내는 작년까지 두 달에 한 번씩 정기검진을 받아왔다. 올해부터는 석 달에 한 번으로 줄었다. 아내의 문자에서 안도하는 모습을 보았다. 병원행은 익숙해질 수 없는 여정이다. 검사가 있기 며칠 전부터는 말수가 줄고 밤마다 잠자리를 뒤척인다. MRI, CT 검사결과가 나오는 날은 초긴장 상태다. 피 말리는 이 생활을 5년째 반복하고 있다.

검사결과가 괜찮다는 말에 그제야 안도했지만, 답장은 담담하게 보냈다. "당신 수고했어." 언젠가부터 요란스럽게 동요하는 모습을 보이고 싶지 않았다. 질긴 병이니 지지 않으려면 나도 질겨져야 했다.

아내가 기분 좋은 소식을 가져오는 날은 저녁식사를 함께한다. 시간을 맞추려 오후 내내 부지런을 떤 덕분에 저녁 시간에 늦지 않을 수 있었다. 집으로 향하는 차 안에서 콧노래가 절로 나왔다. 현관 비밀번호를 누르자마자 후다닥 뛰어다니는 소리가 들린다. 첫째는 공부방에, 둘째는 거실 원목 테이블 아래에 몸을 숨긴다. 이놈들 또 장난치려나 보다.

"아빠 왔다."

어디 있는지 알지만 모르는 척. "똥강아지들 어디 있어? 아빠는 못 찾겠는데, 어서 나오세요."

그때, 방문을 확 열어젖히고 유신이가 뛰쳐나온다. 테이블 아래에서 고개만 쏙 내민 유찬이도 합세한다. 장난기 가득한 녀석들이 양쪽에서 달려든다. 아이들과 거실에서 뒹구는 동안 주방에서 저녁을 준비하던 아내가 세 남자를 바라보며 빙긋 미소를 지어 보낸다. 완벽한 저녁, 늘 오늘만 같아라.

얼마 전 읽었던 임경선 작가의 수필집 『자유로울 것』을 다시 폈다. '행복과 욕망'이란 글에 담긴 작가의 처지가 지금 내 아내와 너무 닮아 격하게 공감이 되었다. 작가의 말처럼 매년 정기 건강검진 결과를 기다릴 때는 건강하기만 하면 그게 바로 '행복'이라고 생각하다가도 막상 결과가 괜찮으면 어느새 다 잊고 다른 조건을 찾아 충족해야 행복해진다고 믿는다. 작가가 말하듯 사람들은 '이것'이 없으면 행복해질 수 없다고 생각한다. '이것'은 아마도 돈, 직업, 명예, 건강이 아닐까. 아내의 행복과 욕망은 단연코 '건강'이다.

"세상에 공짜 없다고 하잖아요. 건강을 잃은 만큼, 얻은 것은 무엇인가 생각해봅니다. 몸이 아프고 나니, 흘러가는 시간이 보이기 시작했습니다. 삶의 우선순위가 보이기 시작했습니다. 다 놓아도, 다 포기해도 결코 물러설 수 없는 것들이 보이기 시작했습니다. 남편, 두 아이가 그런 존재였습니다. 오히려 예전보다 강해졌습니다. 지키고 싶은 것이 생겼기 때문입니다."

## 아내에게 돼지란

우연히 들어가본 아내의 블로그에서 글 한 편을 읽었다. 2007년 5월 15일, 결혼 후 폴란드에 온 지 한 달쯤 지나서 쓴 글인 듯했다. 돼지고기의 부위별 명칭과 조리법에 관해 기록한 내용이었다. 지금 생각해보면 영어권도 아닌 나라에서 갓 시집온 아내가 매 끼니 식사를 준비하는 것은 쉬운 일이 아니었을 터이다. 마트에 가면 도무지 알 수 없는 낯선 글씨들뿐이고 상인들의 말 또한 알아들을 수 없으니 보통 난감한 상황이 아니었겠다 싶다. 말도 글도 통하지 않아서인지 아내가 남긴 글엔 돼지의 부위별 명칭과 용도, 특징

들이 그림으로 정리되어 있었다.

갓난아이는 자신을 지켜줄 절대적 존재를 본능적으로 안다. 그래서 가장 먼저 '엄마'란 말을 배운다. 폴란드에서 아내가 인사말 다음으로 익힌 단어가 돼지고기 부위별 명칭이었다고 생각하니 슬며시 웃음이 나기도 했던 한편으로, 당시 외국 생활이 아내에게 얼마나 부담이었는지 짐작이 가는 대목이어서 미안하기도 했다.

스물아홉 살 새댁이 남편을 위해서 만든 서툰 요리는 이렇게 시작되었다. 이제 11년 된 주부는 썰어놓은 고기만 보아도 어느 부위인지 안다. 제법 괜찮은 고기를 고르는 안목도 생겼다. 2018년 아내의 김치찌개는 걸작이다.

이미 사용한 지 오래인 아내의 블로그를 찾아서 보여줬다. 부위별 명칭이 빼곡하게 적혀 있는 통통한 돼지 그림에 아내가 반가워하며 웃는다.

"어머, 이런 게 있었네. 옛날 생각난다."

잊고 살았던 지난 10년, 블로그에서 발견한 묵은 글에서 신혼을 추억했다. 기록은 뜻하지 않게 찾아오는 선물 같다. 책갈피 사이에 끼워둔 연애편지를 찾게 되는 순간처럼.

"세월만이 사람을 단단하게 만드는 게 아니란 걸 알았습니다. 환경이 그렇게 만들지요. 비행기로 열두 시간을 날아서 공항에 도착한 날, 폴란드어를 처음 들었어요. 그때의 당혹감이란…… 그 나라 말을 알아들을 수 없다는 건, 언어장애를 겪는 것과 다르지 않았습니다. 하지만 살아내야 했으니 악착같이 배울 수밖에 없었어요. 환경이 사람을 만든다는 것을 그때 알았지요. 힘들었던 것만은 아닙니다. 남편에게도 나에게도 낯설었던 환경 덕분에 지금 우리는 조금 더 단단해진 것일 테니까요. 폴란드에 초대해준 남편 덕분에 내 인생 수업도 깊어졌습니다."

# 김치, 사랑을 버무리다

고향 집에 오면 게으름을 피우고 싶어진다. 이른 아침부터 아이들은 마당에서 장난을 치고 있었다. 문틈으로 들어오는 차가운 시골 공기에 잠이 깼다. 녀석들, 뭐가 그렇게 웃긴지 까르르 넘어간다.

이른 아침부터 김치 담글 준비를 했다. 올해는 형님 내외가 오질 못해 힘쓰는 일은 내 몫이다.

김장 속을 준비했다. 어머니가 키운 무를 얇게 채 썰고, 전라도에서 온 갓도 적당히 잘랐다. 누님이 농사지은 고춧가루에 강화도 생새우, 포항에서 온 멸치 액젓을 한데 쏟아

부었다. 널찍한 고무 대야에 두 손을 넣고 휘휘 주물럭거리며 이마에 땀이 맺히도록 속을 버무렸다.

올가을 들어 가장 추운 아침이다. 바람 한 점 없이 청명했지만, 고무장갑을 끼고도 손이 얼어버릴 만큼 시리다. 소금기를 두어 번 씻어내고 깨끗한 물로 한 번 더 헹궜다. 씻다가 떨어진 배춧잎 한 장 돌돌 말아 입에 넣으니 아삭거리는 식감이 기차다. 올해 김장은 잘될 것 같다. 손이 시려 사랑방 아랫목에 이불을 깔고 누웠다가 깜빡 잠이 들고 말았다. 한 시간쯤 지났을까 주방에서는 벌써 배춧잎에 양념을 바르고 있었다.

두 아들은 신이 났다. 하얀 속살 사이사이에 양념을 바르느라 정신이 없다. 잠시 아내를 쉬게 하고 자리를 바꿔 내가 속을 채워간다. 왼손으로 배추 꽁다리를 잡고 한 손 가득 양념을 떠서 질펵하게 돌려가며 발랐다. 버무려진 배추를 통 속으로 쌓는 동안 아내가 어깨를 토닥여준다. 이 재미에 김장을 하나 보다.

아침에 아버지께서 사오신 앞다릿살 세 근을 아내가 삶아서 먹기 좋게 썰어냈다. 따뜻한 수육을 겉절이에 싸서 입 안 가득 불룩하게 밀어 넣었다.

"아빠, 오늘 김치 맛있죠? 아마도 이건 제가 만들었을 거예요."

"아니에요, 유찬이가 만들어서 맛있는 거예요."

늦가을 오후, 밖은 춥지만 마음만은 따뜻하다. 김치에 온 가족의 사랑을 버무렸다.

"김장하는 남편은 아이들에게 좋은 아빠였습니다. 아내에게 좋은 남편이었습니다. 대화에 꼭 말이 필요한 것은 아닙니다. '함께'라는 그 느낌만으로도 충분합니다. 늦가을 김장이 겨울을 살아갈 힘이 됩니다. 냉장고도 아내의 마음도 든든해질 겁니다."

## 별이 빛나는 밤

시골의 밤은 까맣다. 드문드문 서 있는 가로등과 초저녁이면 잠드는 기와집 처마 끝 희미한 불빛이 밤빛의 전부다. 그러니 하늘까지 닿으려야 닿을 수 없다.

그날 밤 금당실의 하늘을 올려다본 아내는 사춘기 소녀가 된 듯했다.

"와! 별이 이렇게 많았어? 오랜만에 보는 은하수다. 신기해."

아내의 시선을 좇아 나란히 밤하늘을 올려다보았다. 까만 하늘에 소금을 흩뿌려놓은 것처럼 별들이 촘촘히도 박혀 있었다. 별 무리 사이로 은하의 강이 유유히 흐른다. 그 밤 아내는 한참이나 별을 올려다보았다. 시골 남자에게 시집을 온 서울 여자는 어느새 금당실을 닮아가고 있었다.

좋다. 이 여자가 내 아내여서.

"특별한 날이 아니어도 좋습니다. 가끔은 아내에게 세상을 보여주세요. 상대의 행복이 곧 나의 행복이 되는 것, 그것이 가족입니다."

# 세상 편히 일 본 날

지난 추석에 차례 음식을 만들고 아내와 단둘이 동네를 한 바퀴 걸었다. 해가 저물어가는 시간, 집집마다 굴뚝에 연기가 솟았다. 흰 연기에는 소나무 향이 배어 있었다. "이 냄새가 좋아. 나무 타는 냄새, 자연스러운 향기잖아." 한껏 숨을 들이마시고 내뱉었다. 자연 본연의 향기에 마음까지 가벼워져 발걸음이 사뿐하다. 돌담 사이 이끼를 보아도 사랑스럽고, 낮은 지붕 위의 늙은 호박이 정겹다.

그날 밤 일이다. 사랑채 끝에 붙어 있는 흙벽돌로 지어진 오래된 재래식 화장실은 시집에서 유일하게 아내가 극복하지 못한 공간이었다. 아내가 급해졌다. 아침마다 규칙적으로 화장실을 가던 그녀에게 오늘따라 신호가 늦게 찾아온 것이다. 면사무소에 있는 민원인용 화장실도 늦은 시간이라 닫혔고, 열렸다 해도 거기까지 참고 갈 수도 없는 노릇이었다. "자기야, 같이 가주면 안 될까?" 부탁하듯 얘기하니 놀려주고 싶은 마음도 들었지만, 곧 뒤따라 나섰다. 무서워할까봐 기다리는 동안 문밖에서 헛기침을 해줬다. 잠시 후 아내가 한결 가벼워진 표정으로 문을 밀치고 나오더니 손도 씻지 않은 채 팔짱부터 꼈다. 그래도 화장실 냄새를 풍기는 이 여자가 싫지 않다.

지난 10년을 잘 살아준 아내. 이제 시골과도 제법 어울리는 여자가 된 것 같다. 고마워해야 하는지 미안해야 하는지 그건 잘 모르겠다.

"문밖 남편의 헛기침 소리에 아내는 안도합니다. 두려운 길을 걸을 땐 손을 잡아주는 것만으로도 충분합니다."

# 기도

마흔이 지나면서부터 사찰을 자주 찾았다. 등산길 산 중턱에서 만나는 사찰은 더운 땀을 식혀주는 반가운 쉼터였다. 한숨 돌리면서 산 아래를 내려다보면 장난감 같은 세상 풍경이 한눈에 들어왔다. 귀국하고 나서는 운동 삼아 아내와 몇 번 북한산과 도봉산에도 올랐다. 길목에 있던 사찰에서 점심공양하라는 말을 들었다. 기대하지 않고 맛본 흰쌀밥에 산나물로 비벼진 절밥 맛이 꽤나 순수했다.

산사는 조용해서 좋다. 나무로 지어진 건물은 콘크리트에서는 느낄 수 없는 질감과 분위기가 있다. 묵은 나무 향이 고즈넉한 분위기를 자아낸다. 산의 경사면을 따라 지어진 비대칭적인 건물들이 위화감 없이 풍경 속에 녹아들어 자연스럽다.

대웅전 앞에는 순례자를 맞이하는 석탑이 서 있다. 법당의 문을 열면 불상을 중심으로 좌우 벽에 그려진 탱화가 눈에 들어온다. 향에 불을 붙여 세우고 지폐 한 장을 불전함에 넣으며 합장을 올렸다. 딱딱한 마루에 방석을 깔고 앉아 법당의 분위기를 몸 전체로 느껴보려 했다.

이제 기도할 시간이다. 거추장스럽지 않게 손목시계를 풀어 방석 앞에 놓았다. 겉옷도 벗어 가지런히 접어두었다. 차분히 두 손을 모으고 절을 시작했다.

'사랑하는 제 아내 이남희의 건강을 지켜주세요.'

"내가 아닌 누군가를 위해 기도를 한다는 건 아름다운 일입니다. 남편의 기도에 아내는 행복합니다. 풍경 소리가 울리면 멀리서도 그곳을 짐작합니다. 절이거나, 고즈넉한 한옥이 자리할 것이라 여기겠지요. 남편의 기도는 풍경 소리입니다. 그 기도에 어떤 아내가 되어야 할지 깨닫게 되니 말입니다. 남편이 몸을 흔들어 울 때마다 아내는 자신의 존재를 자각합니다."

# PM 9시 30분,
# 마사지 숍

아내의 발을 처음 만져본 것이 언제인지 모르겠다. 두 번째 수술이 끝나고 집에서 회복할 때부터 아내의 얼굴에 웃음기가 사라졌다. 몸에 칼을 대고 나면 체온이 낮아지고 면역력이 떨어져 체력적으로 힘에 부친다. 그래서 생각해낸 것이 '족욕'이다. 아내 발을 가까이에서 본 건 이때가 처음이다. 아내의 발은 손 한 뼘 하고도 손가락 한 마디가 더 필요했다. 남편이라도 큰 발을 보여주기가 부끄러운지 수건 속으로 얼른 두 발을 숨긴다. 그런 모습이 예뻐 보였다.

세 번째 수술을 받은 아내. 차가운 수술대 위에서 생사를 오가는 시간이 지났다. 링거와 낯선 장치들을 몸에 붙이고 창백한 얼굴로 잠든 채 병실로 실려왔다. 림프부종을 막기 위해서 양쪽 다리를 감싼 압박붕대, 공기를 불어넣는 기계와 연결된 튜브는 정해진 시간마다 차례로 발에서 종아리, 허벅지로 피를 밀어 올리고 있었다.

병원에서 아내를 간호하는 동안 내가 할 수 있는 것이 무엇인지 생각했다. 일찍 퇴근하기, 집안일 하기, 아이들 돌보기, 밝은 표정 짓기, 함께 산책하기, 이야기 들어주기 그리고 발 마사지였다.

PM 9시 30분이 되면 어김없이 마사지 숍이 열린다. 발은 우리 몸의 축소판이다. 머리나 목이 아플 땐 엄지발가락이고, 눈은 두 번째와 세 번째 발가락 주변이다. 위나 신장, 심장은 발의 가운데를 눌러주면 좋고 소화가 안 되면 가운데에서 조금 아래쪽을 누르면 편해진다. 생식기는 뒤꿈치에 있다. 난소암인 아내는 세 번째 수술에서 암 덩어리를 잘라내며 난소와 자궁도 함께 사라졌다. 살기 위해 어쩔 수 없는 선택이었지만 뒤꿈치를 보면 자꾸만 미안한 마음이 든다. 아프기 전에 평소 말수가 적은 아내를 보면서 '남동생'이라고 부르곤 했는데, 그런 말을 한 것이 지금은 무척 후회된다.

"손님, 오늘은 어디가 불편하십니까?"라고 물어보면 아내는 머리도 아프고 어깨도 뻐근하다며 아픈 시늉을 해보인다. 이럴 때면 꼭 애 같다. 발바닥을 위아래로 꾹꾹 누르다 조금이라도 압력이 세지면 어김없이 아프다고 엄살이다. 구석구석 발바닥 마사지를 끝내고 덤으로 종아리와 허벅지까지 지압해주면 벌써 입꼬리가 귀에 걸려 있다. 눈 감고 있는 아내 몰래 발을 대보면 내 발과 별 차이가 없다. 이제는 남편에게 큰 발을 부끄러워하지 않는다. 우린 서로 같은 편이니까. 맞닿은 피부를 타고 아내의 따뜻한 체온이 몸속으로 넘어온다.

"아~시원해. 자, 이번엔 남편님도 발을 대시오."

힘이 약한 아내는 손바닥만 한 마사지 도구를 들고 내 발을 만져준다. 마사지는 역시 손맛이다. 온종일 쌓인 피로가 말끔히 사라지는 것 같다. 기분이 좋아진 아내는 아이들 학교 이야기와 주말 나들이 계획, 동네 아줌마들과 있었던 소소한 이야기들을 꺼내기 시작한다. 꼬리에 꼬리를 문 대화가 이어지다 보니 어느새 밤이 깊어간다.

마사지 숍, 오늘은 이만 영업 끝.

"아내도 남편의 발이 낯설었습니다. 생각해보니 남편의 '9 to 6'에 대해 아내는 아는 바가 없습니다. 예전에 몇 번 물어봤지만 말해주지 않아 모르는 편이 낫다 여긴 탓도 있습니다. 오늘 보니 뒤꿈치에 그간의 삶의 기록들이 고스란히 묻어 있습니다. 녹록지 않은 시간들이었을 테죠. 그래서 남편은 말해주지 않았나 봅니다. 서로의 발을 만지는 부부가 될 수 있어서 이 아픔이 조금은 위로가 됩니다."

# 영일대 산책

**2017년 9월 17일 일요일, 우중 산책**

비, 눈, 바람, 햇살. 우리가 살면서 늘 함께하는 존재다.

생명의 근원인 물과 공기와 태양의 또 다른 모습이다.

말없는 존재지만 절대로 가벼울 수 없는, 인간이 절대 침범할 수 없고 거스를 수 없으며 순응해야 할 존재들이다.

그 존재를 찾아 호기심 많은 아홉 살, 일곱 살 아이들의 손을 잡고 빗속을 걷는다.

3년째 주말마다 계절의 변화를 느끼며 영일대 숲길을 찾는다.

숲은 늘 건강하게 아이들을 반겨준다.

오늘은 우산 넷이 줄지어 빗속을 걸었다.

기쁜 마음으로.

비를 즐기는 아이들의 장난스런 몸짓과 표정은 이 순간을 기억하려는 것 같다.

아내의 발걸음도 가볍다.

엄마 주위에서 걷고 장난치는 아이들은 마치 어미오리와 새끼오리의 행진처럼 보인다.

자기를 닮은 새끼를 보듬는 손짓과 눈빛이 내 마음에 꼭 든다. 비 내리는 산책길은 웃음이 이어지는 길이다.

2017년 9월 30일 토요일, 아침 산책

포항시 남구 행복길 일대에는 숲길이 아름답다. 영일대 호텔, 청송대, 효자아트홀을 이어주는 산책코스가 일품이다. 도시와 자연 그리고 사람이 공존하는 시간이다. 내가 다녀본 유럽의 어떤 나라 어느 도시와 비교해도 손색이 없는 아름다움을 간직하고 있다. 사계절의 다양한 색과 향기를 맛볼 수 있어 감사한 숲길이다.

오늘은 아침 일찍 산책을 나왔다. 일출의 햇살이 눈부시게 숲속 나무 사이로 부서져 내린다. 제법 차가운 공기가 코를 통해 폐 깊숙이 시원하게 파고든다. 정신과 육체는 속이 꽉 찬 가을배추처럼 탱탱해진다. 온통 진녹색의 숲은 마지막 여름의 젊음을 과시한다. 곧 노랗고 붉은 단풍을 즐길 수 있겠다. 이렇게 시간은 흐른다.

아이들에게 도시의 번잡함보다 자연의 여유로움과 살아 있는 생명을 보여주려고 한다. 산책을 하며 만난 크고 작은 새들, 청설모, 지네, 뱀, 고라니와 멧돼지도 이곳에서 사람들과 함께 행복할 것 같다. 산골소년이 서울에서 살며 늘 그리워했던 고향의 향기를 이곳에서 느낄 수 있다. 누가 지었는지 모르겠지만 진짜, 동네 이름, 길 이름, 잘 지었다.

즐거운 산책을 마치고 새로 단장한 영일대 호텔에서 뷔페로 아침식사를 한다. 양식과 한식이 과하지 않게 준비되어 있다. 신선한 음식들을 접시에 적당히 옮겨 담는다. 어떤 맛인지 궁금해진다. 자연스레 입속에 침이 고인다. 먹는다는 것은 보는 즐거움에 기다리는 간절함이 더해진 종합선물이다. 갓 구운 식빵에는 딸기잼과 버터가 어울린다. 고소하고 달콤한 야채수프는 아이들의 미소를 더한다. 샐러

드의 아삭한 소리와 시원함이 입맛을 돋운다. 토마토와 모차렐라치즈가 어우러진 카프레제도 맛이 수준급이다.

창문 너머 바람에 흔들리는 나뭇잎을 배경으로 배고픔을 적당히 달래주었던 신선한 아침식사.

"여보, 오늘 아침 어때?"
"여기 미역국 맛좋네, 그런데 자기가 끓여줬던 미역국이 더 맛있었어."

아이들의 미소는 귀엽다.
아내의 미소는 사랑스럽다.
아빠의 미소는 흐뭇하다.

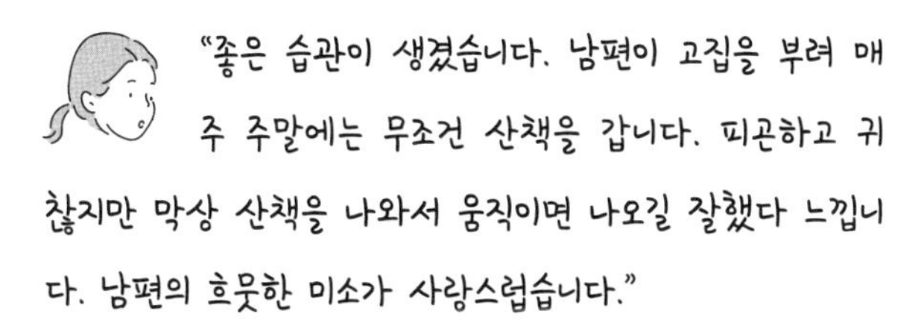

"좋은 습관이 생겼습니다. 남편이 고집을 부려 매주 주말에는 무조건 산책을 갑니다. 피곤하고 귀찮지만 막상 산책을 나와서 움직이면 나오길 잘했다 느낍니다. 남편의 흐뭇한 미소가 사랑스럽습니다."

# 숲을 걷다

숲은 생명이다. 건강한 숲, 그중에서도 편백나무 숲에는 피톤치드라는 치유물질이 가장 많다는 글을 본 적이 있다.

아내를 위해 전라남도 축령산 편백숲을 찾았다. 시원스레 뻗은 숲은 유럽 어느 숲 같은 이국적인 분위기다. 숲을 사랑하신 임종국 선생께서 20여 년간 우리나라에서 가장 큰 편백나무와 삼나무 군락으로 가꾸었다고 한다. 산소숲길, 건강숲길, 하늘숲길 등 이름만 들어도 건강해진다.

아내가 걷고 싶어 한 맨발 산책길에 도착했다. 한껏 가슴 깊이 숲의 맑은 공기를 들이마신다. '아, 나무도 이렇게 향기로울 수 있구나.' 신발을 벗어 들고 조심스레 한 발 한 발 내디뎠다. 맨발로 전해오는 촉촉하고 시원한 땅의 기운. 걸을 때마다 아프다며 엄살을 부리지만 아이들의 얼굴은 분명 웃고 있었다. 청아한 새소리를 들으며 오솔길을 천천히 걸었다. 길가의 풀, 돌, 나무, 벌레들을 살피며 걷다가 서다가 또 걷기를 이어갔다. 물줄기가 흐르는 작은 계곡에 첨벙 발을 담갔다. 갑자기 유찬이가 형의 발을 씻겨주기 시작한다. 집에서는 볼 수 없던 행동이다. 장난치기 좋아하는 개구쟁이가 시키지도 않은 일을 한다. 대견하면서도 이유가 궁금해 물었지만 녀석은 웃기만 한다. 형을 씻겨주고는 엄마도 해주겠다며 작은 두 손에 물을 모아 엄마 발등에 뿌린다.

"이야, 시원하다. 우리 유찬이 너무 예쁘다. 고마워."

엄마의 목소리는 달콤했고 얼굴에는 행복한 미소가 한가득 넘쳐났다.

"엄마, 나…… 있지…… 내일 태권도 안 가면 안 돼?" 하며 묻는다. 유찬이의 속마음이었다.

"아! 이 녀석 태권도 안 가려고 이러는 거구나. 그러면 그렇지!" 하고 유신이가 맞장구를 친다.

웃으며 유찬이를 꼭 안고 볼에 뽀뽀를 하는 아내. 숲은 아이들의 마음을 활짝 열었고 아내의 몸과 마음을 향기롭게 했다. 이 모든 것은 가족이 건강해지는 소리들이다. 행복은 멀리 있지 않다. 가족과 함께하면 더 이상 바랄 것이 없다.

숲에서 며칠을 보낸 다음 날 아내는 병원에 정기검진을 다녀왔다. 숲과 함께한 즐거운 시간들 덕분인지 백혈구 수치가 평소보다 훨씬 높아졌다. 숲이 준 선물이라며 아내는 기뻐했다. 건강에 민감한 그녀에게 숲길 걷기는 좋은 습관이자 행복한 시간이다.

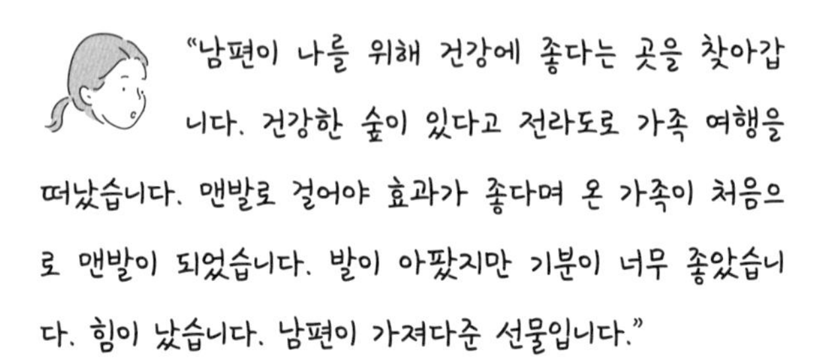

"남편이 나를 위해 건강에 좋다는 곳을 찾아갑니다. 건강한 숲이 있다고 전라도로 가족 여행을 떠났습니다. 맨발로 걸어야 효과가 좋다며 온 가족이 처음으로 맨발이 되었습니다. 발이 아팠지만 기분이 너무 좋았습니다. 힘이 났습니다. 남편이 가져다준 선물입니다."

III

# 아내의 일상 2

# 지진에서 살아남기[1]

우리 가족은 4년째 포항에 살고 있다. 얼마 전 이 아름다운 도시에 큰 일이 생겼다. 2016년 9월에 발생한 경주 지진이다. 건물이 휘청거릴 정도의 큰 흔들림을 일주일간 세 번이나 겪었다. 사무실에서 야근을 하다 놀라 밖으로 뛰쳐나오니 집에 있는 가족이 걱정되었다. 서둘러 집으로 가 담요 몇 장 들고 겨우 집을 빠져나와야만 했다. 처음 겪은 지진에 아이들은 엄마 품에서 떨어지지 않았다. 땅이 흔들리고 건물 일부가 무너지는 광경을 목격하면서 지진의 위력을 실감했다. 고요한 밤 갑작스런 흔들림과 굉음에 놀라 뛰쳐

나온 사람들은 집 안으로 들어가지 못하고 밖에서 꼬박 밤을 지새웠다.

경주 지진이 차츰 기억에서 멀어지던 2017년 11월 15일 오후 2시 29분. 규모 5.4의 지진이 포항을 강타했다. 경주 때와는 비교가 안 될 정도의 강한 흔들림에 화분들이 쓰러지고 천장의 마감재가 떨어졌다. 전기가 끊어지고 순간 학교의 모든 기능이 멈췄다. 한쪽에서 여직원의 외마디 비명소리가 들렸고 책상 아래로 몸을 숨기라는 동료의 다급한 목소리가 들렸다. 7초…… 10초, 건물을 마구잡이로 흔들어대는 순간에는 '이렇게 죽을 수도 있겠구나!' 하는 공포를 느꼈다. '구구구궁' 하던 땅의 호통소리는 잠시 후 멈추었다.

"지금 빨리 나갑시다. 어서요 어서!"

동료의 외침에 서둘러 건물 밖으로 빠져나오고서야 서로의 안부를 물을 마음의 여유가 생겼다. 그제야 집과 학교에 있을 아이들이 떠올랐다. 한꺼번에 몰리는 통화량 때문인지 연결은 되지 않고 괜한 불안감이 생겼다. 20분이 지나서야 겨우 아내와 전화연결이 되었다. 학교 운동장에 피해 있던 첫째의 손을 잡고 유치원에 있는 둘째에게로 뛰어가던 아내의 숨찬 목소리가 수화기 너머로 들려왔다. "유찬아, 엄마야, 이리 와." 아내의 목소리에 다급함이 묻어났다.

하필이면 그날 서울에서 우리 대학을 찾아온 손님 아홉 분을 모시고 행사를 진행하던 중 지진이 난 것이다. 우선 손님들을 대피시키고 동요하지 않도록 안정시켜야만 했다. 추가 여진이 발생할 수 있어 다음 날 일정을 취소하고 역으로 향했다. 역사에 도착하니 유리창이 깨지고 천장 마감재가 떨어지고 파손된 배관에서 새어나온 물로 대합실은 온통 물바다였다. 기차가 정상적인 운행이 가능한 상태였기에 그나마 다행이었다.

일이 가족보다 더 중요하냐며 왜 빨리 오지 않느냐는 아내의 전화를 받고도 아무런 대꾸를 하지 못했다. 때로는 직장인의 책임이 가장의 역할보다 앞서야 할 상황도 있다. 말도 안 되는 소리라지만, 세상은 말도 안 되는 오답이 정답일 때가 있다. 이런 상황을 이해받으려 해서는 안 된다는 것을 잘 알기에 아무런 대꾸를 할 수 없었다.

결국 퇴근시간보다 두 시간이 더 지나서 집에 들어갔다. 두려움 가득한 아이들의 얼굴에도 아빠에 대한 서운함이 묻어났다. 나는 말없이 아이들을 안아주었다. 여진이 있을 것이라는 뉴스에 겨울옷을 입고 솜이불도 꺼내놓았다. 다시 흔들리면 자동차로 피난 갈 준비까지 마쳤다. 벽에 금이 가고 집이 부서졌다. 집을 나와 대피소에서 밤을 보내야 하는 이재민들을 보면서도 눈앞에서 벌어진 영화 같은 재난을 현실로 받아들이기가 어려웠다. 잠들지 못하던 아이들을 겨우 재우고 새벽까지 아내와 뜬눈으로 밤을 지새웠다.

"가족보다 일이 더 중요하냐는 말을 해버렸습니다. 남편의 시간을 꿰뚫고 있으면서도 아픈 말을 해버렸습니다. 아이들이 차 안에서 잠이 들었습니다. 두려움에 울고 싶었을 아이들이 잘 참아내었습니다. 아이들도 아빠가 최선을 다하고 있다는 걸 압니다. 지금의 침묵은 미안함의 침묵이란 걸 남편은 알까요."

# 일일엄마

2017년 8월 4일 금요일. 아내가 새벽 첫 기차를 타고 서울로 떠났다. 아이들이 깨기 전 조용히 현관문을 나섰다. 검사가 있는 날은 아내도 나도 서로에게 조심스럽다.

포항역은 새벽부터 드나드는 휴가철 관광객들로 분주했다. 아내는 창가 자리에 앉았다. 잘 다녀오겠다며 입모양을 뻥긋거리는 아내를 향해 나는 손을 흔들어 보였다. 끝나면 전화하라고 손짓을 했다. 기차는 플랫폼을 떠나 금세 시야에서 사라졌다. 오늘은 내가 일일주부가 되는 날이다. 마침 휴가 기간이라 오늘은 제대로 엄마 노릇을 해볼 참이었다. 집으로 돌아오니 아이들이 벌써 일어나 소파에서 TV를 보고 있었다.

"엄마 잘 가셨어요?" 유신이가 묻는다.
"잘 가셨지요. 우리 아침 먹을까?"

유찬이는 엄마 몇 시에 오느냐고 벌써부터 보채기 시작한다. 엄마와 화상통화를 하고서야 울먹이는 목소리로 약속한다. "저녁까지 잘 놀고 있을게요." 여름방학이지만 첫째 유신이가 아침부터 바쁜 날이다. 8시 피아노를 시작으로 10시 수영, 2시 태권도를 마치면 블록방에서 두 시간 보내고 오는 일정이다. 유찬이는 형과 함께 태권도를 가면 된다.

아침부터 서툰 아빠의 잔소리가 시작된다. 밥 먹자, 양치하자, 세수해야지, 피아노 늦겠다, 얼른 옷 입자…… 아내가 챙겨준 밑반찬을 꺼내고 새벽에 지어둔 밥을 푸는 순간에도 수저를 챙기고, 아이들을 자리에 앉히고 밥을 떠먹이며 훈계하느라 혼이 다 빠질 지경이다. 식사전쟁을 치르고 간신히 외출준비를 시킬 수 있었다. 먼저 옷부터 입히고 마구잡이로 헝클어진 머리는 대충 물을 뿌려 빗는 것으로 대신했다. 아이들을 학원에 보내놓고 한숨 돌리나 싶었지만 식탁 위에 너부러진 반찬통이며 설거지거리가 눈에 들어왔다. 한층 무거워진 몸을 일으켜 반찬을 냉장고에 넣고 행주로 식탁을 닦았다. 빈 그릇을 싱크대로 옮기고 설거지를 시작했다. 자취할 때는 익숙하던 설거지도 영 어색했다. 창문을 열고 힘껏 이불 먼지를 턴 다음 옷장에 착착 개어 넣었다. 청소기로 방과 거실, 주방까지 먼지를 털고 나니 집안이 환해졌다. 그즈음 유신이가 피아노에서 돌아왔다. 돌아온 아이에 대한 반가움과 동시에 짜증 섞인 피로가 물밀듯이 밀려왔다. '세상에…….' 예상은 했지만 집안일이란 게 이 정도일 줄은 정말 상상도 못 했다.

웃고 있어도 웃는 게 아닌 하루 중 반나절이 그렇게 흘러가고 있었다.

"지극히 당연히 여기는 것들은 눈에 보이지 않습니다. '아내'의 자리가 그렇습니다. 그러나 당연한 것일수록 빈자리는 매우 큽니다. 서로의 입장이 되어보는 것도 좋은 것 같습니다. 상대가 아니라 상대의 환경을 제대로 인식하는 것이 '이해'니까요."

# 템플스테이[1]

2013년 12월 28일 토요일. 사찰에서 밤은 미지의 세계와 같았다. 가보지 않은 곳, 해보지 않은 행동들의 어색함. 그럼에도 한 번은 가보고 싶었던 곳, 양평 용문사. 2013년을 며칠 남겨놓지 않은 날 혼자 그곳을 찾았다.

천 년이 넘은 은행나무와 함께 자리 잡은 사찰. 긴 세월의 풍파를 견디며 말없이 다친 마음들을 품어주었으리라. 하루 동안 무엇을 하겠다는 계획보다는 스님처럼 산다는 것이 어떤 것인지 느껴보고 싶었다. 연한 자주색의 승복을 입고 법당에 들어선 것만으로도 기분이 새로웠다.

저녁공양은 묵언하며 자연의 음식을 천천히 씹어 먹었다. 오직 먹는 것에만 집중했다. 오래 씹을수록 식재료 본연의 깊은 맛이 입안 전체로 퍼져 나갔다. 공양 후, 빈 그릇과 수저를 직접 씻어 가지런히 정리했다.

저녁예불을 알리는 타종. 두 명씩 당목을 마주잡고 종을 울린다. 처음 들어본 울림과 진동이 온몸으로 전해지자 머릿속 잡생각들이 일순간 쓸려 내려가는 듯했다.

예불시간에는 법당 바닥에 회색 방석을 깔고 앉아 스님 말씀을 듣고, 은은한 미소를 지으시는 부처님을 바라보며 기도를 올렸다. 아무 소리도 들리지 않던 산사의 밤, 그 텅 '빔'의 여백에 바람 한 점 그어지면 여백은 오로지 바람으로 존재했고, 풀벌레가 울 때면 여백은 울음으로 채워졌다. 허리를 곧추세운 자세로 나를 되돌아보았다. 무엇을 향해 그토록 열심이었던가. 과거의 숱한 사건들이 스치듯 떠오른다. 생각이 멈췄다. 그리고 아무런 생각이 없어졌다.

밤 9시, 아직 세상이 깨어 있는 낯선 시간에 이불을 폈다. 무엇이든 느리게 흐르는 이곳에서 유일하게 빠른 것이 있다면 잠자리에 드는 시간이다. 산사는 마치 다른 차원의 세상 같았지만 그 비현실성이 잠시나마 현실의 나를 관망

할 수 있게 했다.

요를 깔고 눕자 잠시 후 바람이 흔드는 먼 풍경소리가 들린다. 스르르 잠이 든다.

"당신이 혼자 산사를 찾아간 날 하루 종일 남편과 아빠의 빈자리를 느꼈습니다. 하지만, 당신도 가끔은 휴식과 위로가 필요하겠지요. 산사에서는 하루쯤 아무 생각 마세요. 도브라노츠dobranoc(잘 자요)."

# 템플스테이2

2015년 2월 21일 토요일. 아내와 단둘이 다시 찾은 용문사. 세 번째 수술을 마친 아내는 몸과 마음이 지칠 대로 지쳐 있었다. 살기 위해 나쁜 것들을 떼어내면서 온전한 것들도 함께 잘라내야 했다. 건강을 지키지 못한 아내와 지켜주지 못한 남편은 서로에 대해 책임을 다하지 못한 죄책감이 있었다. 퇴원 후 어느 정도 움직이게 되었을 때 첫 외출. 아내의 몸과 마음에 새 기운을 북돋우고 싶었다. 아내도 남편의 마음을 아는지 선뜻 산행에 따라나섰다.

승복을 입고 검은 털신을 신은 아내는 수줍은 새색시가 되었다. 저녁때가 되어 저녁공양이 나왔다. 심심한 산나물이었지만 꼭꼭 야무지게도 씹어 먹는 아내. 아픈 몸을 이겨내려 기도하는 아내가 고마웠다.

오늘은 함께 범종을 쳐보고 싶었다. 아내와 마주잡은 당목으로 힘껏 종을 울렸다. '두~웅~' 깊게 울리는 종소리와 진동이 두 사람의 몸에서 공명하다 빠져나갔다. 첫 번째 종소리에 나쁜 모든 것들이 씻겨나가길 바랐다. '두~우~웅' 두 번째 종은 더 크게 울렸다. 부부의 소원을 싣고 종소리는 숲을 지나 하늘로 퍼져갔다. 팔짱을 끼고 아내와 경내를 거닐었다. 불빛에 비친 아내의 얼굴에 화색이 돌았다.

다음 날 새벽 아내와 나란히 앉아 새벽예불을 올렸다. 남편을 따라 108배를 끝까지 마쳐준 아내가 고마웠다. 산중턱에서 일출을 마주하며 소원을 빌었다.

'건강한 삶을 회복하게 해주세요. 남편과 아이들을 위해서.'

'건강한 삶을 회복하게 해주세요. 아내와 아이들을 위해서.'

산사에서 보낸 하루는 아내에게 그리고 나에게 따뜻한 위로가 되었다.

“여기 참 좋다. 다음에 또 오자.”

3월의 봄과 희망을 기대하며 사찰을 내려오는 내내 우리는 서로의 손을 꼭 잡고 있었다.

“피곤했는지 금방 잠이 든 남편을 물끄러미 바라보다 잠이 들었습니다. 아내를 위해 애쓰는 이 사람을 위해서라도 건강해져야겠다고 다짐합니다. 가족이 있어 감사한 밤입니다.”

# 그녀는 마라토너

"유신이 달리기 좋아하지?"

"네, 제가 반에서 달리기는 3~4등 해요."

"봄에 열리는 달리기 대회에 아빠랑 같이 갈까?"

"유찬이도 엄마도 같이 가죠?"

"오치비시치체oczywiście(당연하지요)."

포항에서 맞이한 네 번째 봄날 아침, 우리 가족은 포항 종합경기장으로 향했다. 이미 주차장에는 자동차들이 가득 찼다. 몸 푸는 아저씨들. 엄마 아빠 손을 잡고 참가한 아이들. 여학생들에게 잘보이려 어깨에 힘이 잔뜩 들어간 사춘기 남학생들. 군살 없는 몸매의 달리기 마니아들. 작년에 입사한 회사의 신입 직원들까지. 포항에서 달리기 좀 한다는 사람들이 모인 경기장에 들어서니 나도 심장이 두근거리기 시작했다.

장내에 퍼지는 신나는 음악 소리에 아이들도 들떴다. 마라톤 대회에서만의 에너지가 있다. 이 느낌을 가족들과 함께 느끼고 싶었다. 아내에게 봄 같은 웃음을 찾아주고 싶었다. 아이들에게도 뻥 뚫린 대로 위를 마음껏 달리게 해주고 싶었다.

아내와 한창 연애를 하던 2006년 봄, 그날도 우리 두 사람은 마라톤에 참가했다. 아내는 밝은 오렌지색 상의에 긴 바지를 입었고, 나는 짧은 마라톤 복장을 하고 몸을 풀었다. 그 나이 때의 남자란 약간의 경험이라도 있으면 여자 앞에서 이미 전문가다. 나는 노련한 마라토너처럼 아내에게 주의사항을 알려줬다. 10킬로 코스는 무난할 것 같지만 초보자가 뛰기에는 만만치 않은 거리다. 아내와 나는 나란히 출발선에 섰다.

신호가 울리자 사람들이 일제히 달려나가기 시작했다.

우리는 완주만 하자며 천천히 달렸다. 힘들 만도 했건만 목표지점에 가까워질수록 아내는 더 힘을 냈다. 반대로 나는 다리가 무거워지기 시작했다. 잘못하다가는 이 여자에게 질 수도 있겠다는 걱정이 생겼다. 우린 어느새 경쟁을 하고 있었다. 여린 외모만 보고 방심했다가 허를 찔렸다. 이 여자, 결국은 사고를 쳤다. 첫 출전한 10킬로 구간을 한 시간을 넘기지 않고 완주한 것이다.

11년이 지난 오늘, 여자는 엄마가 되어 다시 출발선에 섰다. 셋, 둘, 하나, '땅' 하는 총소리와 함께 엄마는 첫째의 손을, 아빠는 둘째 손을 잡고 뛴다.

유찬이가 숨찬 소리로 묻는다. "엄마랑 아빠 중에 누가 더 빨라요?"

"당연히 아빠지!" 유신이가 대답한다.

11년 전 기억을 떠올린 듯 아내가 가쁜 숨을 내쉬며 나를 보고 짓궂게 웃는다.

"어…… 글쎄…… 아무래도 아빠가 더 빠르겠지."

벌써 여름이 오려나 보다. 갑자기 너무 덥다.

"이럴 때 보면 애 같은 남편입니다. 그래서 아내의 그릇이 남편보다 커야 하나 봅니다. 엄마가 더 빨랐다는 건 비밀이야."

# 못난 '이'가족1

1993년 육사 입학 전 신체검사에서 입안을 살피던 군의관이 어이없다는 듯 말했다. "몇 살인데 어금니가 없죠?", "충치치료 제대로 안 해오면 불합격입니다." 옆에 있는 지원자들한테까지 다 들리는 큰 소리였다. 자존심 상하는 말을 듣고 조건부로 신체검사에 합격했다. 결국 당시에 100만원도 넘는 돈을 들여 금니 여섯 개를 씌웠다.

신체검사 덕분에 썩고 부러져 형체도 없던 어금니 여섯 개가 번쩍번쩍하는 금니로 되살아났다. 비싸게 주고 한 금이라서인지 25년의 시간이 흘렀지만 아직도 쓸 만하다.

며칠 전부터 유찬이의 앞니가 흔들리기 시작했다. 이가 좋지 않은 아빠를 닮지 말아야 하는데 걱정이 됐다. 어릴 적, 흔들리는 이를 명주실로 고정하고 실 한쪽 끝을 문고리에 묶은 뒤 '휙' 하고 당겨 빼던 기억이 났다. 생각이 난 김에 유찬이 앞니를 빼야겠다 싶었다. 흔들어보니 곧 빠질 것 같았다. 잔뜩 겁을 먹은 유찬이는 벌써 울기 시작한다.

"아빠~ 아플 거 같아." 눈가에 그렁그렁 눈물이 고였다. "괜찮아, 금방 빼줄게. 아빠만 믿어." 실을 매듭지어 조그만 앞니에 묶었다. 하나, 두울, 순간 이마를 '탁' 치면서 실을 당기니 실만 빠지고 아이는 벌러덩 뒤로 넘어졌다. 무서워도 울음을 꾹꾹 참았던 유찬이가 대성통곡을 한다. 그 모습에 아빠는 웃고 유찬이는 울고 옆에서 지켜보던 엄마는 화를 낸다.

유찬이는 더 이상 아빠를 믿을 수 없다며 잇몸 사이로 배어나온 피를 머금고 화장실로 달려갔다.

"아빠, 내가 뽑아도 돼요?"

"뭐라고? 유찬이가 뽑을 수 있겠어? 뽑으면 아빠가 딱지 사줄게."

"딱지 몇 장요?"

"많이."

"진짜지요?!"

잠시 후, "내가 뺐다!"는 외침과 함께 유찬이가 앞니를 들고 나왔다. 그 모습에 아빠도 웃고 유찬이도 웃고 옆에서 지켜보던 엄마도 이제는 웃는다.

삶의 기쁨이 보석같이 쏟아진 시간이었다.

**"곧 죽을 것 같다가도, 언제 그랬나 싶은 게 인생인가 봅니다. 두 남자의 모습을 지켜보는 것만으로도 가슴에 행복이 가득합니다. 더 이상, 삶에 욕심내고 싶지 않습니다. 지금, 이 순간만 생각하고 싶습니다."**

## 못난 '이' 가족2

우리 부부는 치아가 닮았다. 둘 다 생긴 건 멀쩡한데 치아는 참 못생겼다. 이상하게 연애할 때는 보이지 않았다. 사랑하면 단점이 보이지 않는다더니 우리는 서로의 못난 '이'를 살짝 눈감아주고 결혼을 했다. 하지만 사랑의 힘으로도 극복할 수 없는 것이 있었으니, 유전이다.

첫째 유신이의 작은 얼굴에 엄마를 닮은 큼지막한 대문니가 유난히 눈에 띈다. 아내는 앞니 때문에 웃는 모습이 자신 없다고 하지만, 좀 못난 것 하나 정도는 가졌어도 사는 데는 지장 없다.

오히려 아내의 못난 앞니를 매일 볼 수 있으면 좋겠다. 언젠가부터 아내의 웃음을 기다리는 남편이 되었다.

"첫째가 엄마를 닮고, 둘째가 아빠를 닮았습니다. 어쩜 이렇게 각각 닮나 신기합니다. 꼭 닮은 존재들과 한집에서 살아간다는 게 여전히 신기합니다."

# 중년이 되면 익숙해져야 할 일

2년 전 친구의 어머니께서 돌아가셨다. 미국에서 논문을 마무리하느라 장례식에 참석할 수 없다는 친구의 슬픈 전화를 받고 늦은 밤 두 시간을 운전해 어머니를 찾아갔다. 막내아들을 대신해 내가 어머니의 빈소를 지켰다. 멀리 떨어져 살다 보니 그 후로도 소셜 미디어로 서로의 안부를 묻는 것이 전부였다.

얼마 전 친구의 타임라인에 글이 한 편 올라왔다. 무심결에 읽어 내려가다 깜짝 놀랐다. 전화를 했다. 오랜만에 듣는 담담한 목소리에 깊은 그늘이 드리워져 있었다. 지난

한 달간 자신에게 일어난 모든 일은 거짓말 같다고 했다. '암 4기'라는 친구의 말에 섬뜩한 공포가 등짝을 훑고 지나갔다.

며칠 후 친구의 메신저 사진이 바뀌었다. 친구와 그의 아내가 서로 어깨를 맞대고 밝게 웃고 있었다. 친구의 머리카락은 한 올도 남아 있지 않았다. 그 옆에 남편이 혼자 부끄러워하지 않도록 똑같은 머리를 한 그의 아내가 있었다. 남편을 위하는 아내의 마음, 절절하다.

기영에게.

우리가 알고 지낸 지 벌써 30년이 되었구나. 생각해보니 우린 닮은 게 많다. 고향, 학교, 마라톤, 타향살이, 예쁜 아내, 귀여운 아이들, 게다가 아파서 입원한 병원까지도 같네. 마지막 손 편지를 주고받은 게 참 오래되었다. 난 네가 써준 편지들과 시를 지금도 잘 보관하고 있다. 내가 전역하고 힘들어했을 때, 네 응원이 큰 힘이 되었어. 내 결혼식에서 사회도 봐주었지. 유신이 엄마가 아플 때도 위로해주었고. 이제 우리 부부가 힘이 되어줄 차례인 것 같다. 친구야 당당히 이겨내자. 넌 건강하게 회복할 것이고, 금방 원래의 자리로 돌아갈 거야.

살다 보면 이런 큰 파도는 한 번씩 오더라. 내가 이겨냈듯이 너도 보란 듯 이겨낼 거야.

사랑한다. 친구야!

2018. 1. 1

준범이가

"그 아내는 그 남편을 사랑합니다. 그 남편은 그 아내의 사랑으로 다시 힘을 냅니다. 기영 씨가 살아야 하는 이유는 두 아이들과 아내입니다. 가족이 있으니까요. 힘내세요."

## 지진에서 살아남기2

2018년 2월 11일 일요일. 새벽 5시를 막 지났다. 며칠 시달리던 두통 때문에 거실에서 뒤척이다 늦게 잠든 사이, 갑작스런 아이들의 비명소리에 벌떡 일어나 안방으로 뛰어갔다. 아내는 두 아들을 안고 흔들림이 멈추기를 기다렸다. 자다가 당한 지진에 아내도 나도 두려운 것은 마찬가지였다. 2년 전 경주 지진, 작년 11월 포항 지진에 이어 규모 4.6의 지진이 다시 발생했다.

지진이 멈추자 급하게 집을 빠져나왔다. 마실 물 몇 병과 차에서 덮을 이불이 가지고 온 전부였다. 아직 어둡고

춥다. 간신히 외투만 걸치고 계단을 뛰어 내려오는 사람들도 보였다. 아파트 단지를 벗어나려는 자동차들이 줄을 섰다. 겁에 질린 아이들은 어디로 가느냐고 묻는다. '그러게, 어디로 가야 하나……' 생각하다가 먼저 주유소로 향했다. 새벽부터 주유소 앞에는 차량행렬이 길게 줄을 섰다. 이참에 가족들을 데리고 포항을 벗어나기로 결정했다. 포항 탈출을 위한 연습을 해보자.

20분을 달려 영천휴게소에 도착했다. 지진 후 빨리 움직여서인지 이때까지는 주차장에 차들이 많지 않았다. 한산한 고속도로 휴게소라서 외곽 조명등만 덩그러니 켜져 있었다. 여전히 주위는 어둠에 휩싸여 있었고, 시간이 지나면서 하나둘씩 자동차들이 모여들기 시작했다. 인터넷 뉴스를 보며 생각에 잠겼다. 긴 하루를 어떻게 보내야 할까. 한 시간 30분을 가면 예천 부모님 집이다. 그래, 이왕 이렇게 나왔으니 핑계 김에 부모님께 손자들을 보여주는 것도 좋겠다. 고속도로 위에는 포항을 벗어나려는 차들의 붉은 미등이 점점이 열을 짓고 있었다.

아침 8시에 도착한 안동휴게소에서 아침식사를 했다. 뉴스 속보를 보며 여진이 이어지고 있다는 소식을 들었다. 돌아가야 할 곳이라 마음이 편치 않았다.

예천에 도착한 후 나는 아내와 아침잠이 들었다. 12시에 일어나 점심을 먹고 며칠 뒤로 다가온 설날 사용할 떡을 뽑으러 방앗간에 갔다. 떡집은 변함없이 그 자리에 있었지만, 점포가 늘어섰던 시장 골목은 겨우 명맥만 유지되는 정도였다. 떠난 자리에 든 자리가 없어 마을이 썰렁해 보였다.

할머니가 바리바리 싸주신 음식을 싣고 그날 오후 다시 포항으로 향했다. 신나게 놀던 아이들은 금세 잠이 들어버렸다. 불안한 마음을 추스르며 집에 도착했다. 오후 5시, 지진이 발생한 지 열두 시간 만이었다.

지진에서 살아남기

1. 자동차에 가득 주유하기

2. 대피 물품을 미리 싸놓기(구급약품, 물, 간단한 음식, 세면도구, 핸드폰 충전기)

3. 따뜻한 옷과 이불(담요)

4. 읽을 책 몇 권과 현금

5. 가족이나 지인들에게 위치와 소식 알리기

6. 고속도로에서는 규정속도를 지키고 터널과 다리에서는 안전을 살펴보기

오늘 밤도 포항은 잠들기 어려울 것 같다.

"생명의 위협을 느낄 정도의 진동이었습니다. 생각해보면 가족의 단합은 늘 위기 앞에서 빛났습니다. 잠 못 드는 밤, 우리라서 조금은 안심되는 밤입니다."

# 평범해서 소중한 아침 풍경

아침 6시 30분이면 먼저 일어나 씻는 소리에 잠을 깨는 아내. 그녀의 하루도 시작된다. 남편의 셔츠를 다리고 과일과 야채를 넣어서 주스를 만든다. 언젠가부터 "편하게 잤어?"라는 말이 아침인사가 되었다. "응." 짧게 답하는 아내.

7시가 지나면 아이들이 일어난다. 엄마에게로 가 허리쯤에 머리를 묻고 아침인사를 건네고는 소파에 앉아 책을 편다. 연신 하품을 해댄다. 7시 20분이면 아침식사가 준비된다. 세 남자가 식탁에 둘러앉는다. 나는 식사를 5분 만에 끝낸다. 20년 직장생활을 하면서 몸에 익어버린 습관이다.

출근 전에 아내와 아이들을 꼭 안아주고 현관문을 나선다. "자기야 사랑해. 갔다 올게." "그래, 잘 다녀와." 아이들을 바라보고는 허리 숙여 "아빠 다녀올게요." 배꼽 인사를 한다. 현관문이 닫히는 순간까지 "아빠, 빠이빠이." 하는 아이들의 목소리가 귓불에 찰랑거린다.

언젠가 아내에게 물었다. "나는 어떤 남편이야? 아니 어떤 남자야?" "왜 그래? 갑자기. 좋은 아빠지. 그렇게 친절한 남편은 아니고. 그래도 아침마다 '사랑한다' 표현하는 남자는 많지 않으니까 영 빵점이라고는 말 못하겠고. 거창할 거 있나. 평소 소소한 행복을 느끼게 해주는 로맨티스트지."

**"아내는 쇼핑보다 쇼핑에 관심을 가져주는 남편의 동행을 원합니다. 아내는 선물보다, 무엇을 살까 고민하는 남편의 망설임을 사랑합니다. 아내는 돈 봉투보다, 이것으로 무엇을 할지 묻는 남편의 설렘을 그리워합니다. 사랑은 '무엇을'이 아니라 변함없이 '어떻게'가 정답입니다."**

# 금당실에서

우리 동네 이름은 금당실(경북 예천군 용문면 상금곡리 일대)이다. 아주 옛날부터 살기 좋은 동네로 '금당맛질 반서울'이란 이름으로 전해지고 있다. 조선시대 『정감록』에는 전쟁이나 큰 화를 피할 수 있는, 땅의 기운이 좋고 청정한 조선팔도 열 곳을 '십승지'라고 불렀다. 그중 한 곳이다. 언제부턴가 이곳은 정보화마을로 지정되었고 인터넷을 통해 소담스런 풍경이 알려지고 있다.

할머니가 만든 감주(식혜)와 과일을 가방에 담았다. 첫째는 연필과 연습장을 들고, 가방을 멘 둘째는 한 손에 잠자리채까지 들었다. 신난 아이들의 손을 잡고 아내와 금당실 탐험을 나섰다.

마을은 동촌, 서촌, 남촌, 북촌으로 나뉘어 있고 나는 문학작품에 나올 법한 남촌에서 태어나고 자랐다. 동촌에는 초등학교가 있다. 서촌에는 중학교가 있고, 오일장이 서던 장터 골목 양쪽으로 농협, 정육점, 신발가게, 약국, 제유소가 있어 많은 사람들이 왕래했다. 남촌에는 큰 교회가 있다. 동촌과 남촌 사이에는 면사무소가 있고 '용비천문龍飛天門'이란 비석이 서 있다. 마을을 지켜주는 큰 느티나무는 그 둘레만 어른 셋의 팔 길이로도 부족하고 나이는 500년이 넘었다. 어릴 때 학교에서 돌아오는 길에 느티나무에 올라 놀았던 기억이 난다. 북촌에는 돌담길을 따라 전통가옥들이 잘 보존되어 있다. 안동 하회마을이나 경주 양동마을만큼 유명하지는 않지만 마을 주민들이 농사를 지으며 살아가는 모습 그대로를 볼 수 있다. 갈림길마다 작은 이정표에는 고택과 초가집들이 안내되어 있다. 순박한 농부들이 사는 마을이 요즘엔 자연과 여유로움을 찾는 가족 여행객과 정겨운 고향 인심을 체험하려는 도시인들의 발길을 끄는 곳이 되었다.

가슴 높이 정도의 돌담 너머로 집 안과 마당이 보인다. 돌담 안 텃밭에는 고추, 깨, 콩이 곧 다가올 추수철을 말하듯 가을 옷을 입고 있다. 구불구불한 돌담을 따라 담쟁이와 나팔꽃이 피었고 해바라기와 코스모스는 골목마다 줄을 서 있다. 유찬이는 한 번에 두 마리를 잡을 수 있다고 신혼여행 중인 잠자리만 쫓아다닌다. 잠자리를 따라 돌담길을 뛰고 걷는다. 텃밭이 딸린 어느 집 대문 앞에 제법 큰 밤나무가 서 있다. 갈색에 반짝이는 햇밤이 탐나지만 밤송이가 가시로 둘러싸여 쉽게 따기가 어렵다. 그래서 나무아래 떨어진 알밤을 눈을 크게 뜨고 찾는다. 일부러 나무장대로 털지 않는다면 주인보다 먼저 주워가도 괜찮다. 벌어진 밤송이에 아슬아슬 매달린 햇밤을 바라보며 소리친다. "떨어져라 얍!" 진짜 떨어진다. 바람이 불어 떨어져도 아이들은 자기들 주문이 통했다고 신난다. 길이며 지붕이며 콩밭의 덤불을 헤치며 떨어진 밤을 신나게 줍는다. 하나둘 줍다 보니 아이들 손과 주머니가 부족해서 가방에 옮겨 담았다. 올가을 아이들의 첫 추수다. 주인이 있을 밤나무지만 오늘은 우리 아이들이 먼저 주워 담아 주인이 되었다. 아빠의 기분이 더 짜릿하다. 밤나무 주인이 보면 후다닥 도망가려고 운동화 끈을 고쳐 맸지만, 보았더라도 마을 인심이라고 웃으며 가져가라 했을 것이다. 눈에 띄는 밤만 주워도 서른 개가 넘었다. 가방을 채우며 아이들이 서로 자기가 더 많이 주웠다고 자랑한다. 아이들의 추수는 풍년이다.

돌담의 이끼는 가까이서 보아야 예쁘고 지붕 위 큰 호박은 멀리서 보아도 정겹다. 어른이 되고 삶의 여유가 생기고 나니 이제 내 고향이 아름다워 보인다. 몇 해 전 금당주막에서 친구와 막걸리 한 사발씩 나누어 마시고 취해 밤하늘을 바라보며 노래를 불렀던 기억이 난다. 주막 앞에 걸린 청사초롱이 오늘따라 유난히 눈에 띄었다. 당장 아내와 막걸리 한 사발을 마시고 싶다.

"남편의 고향은 '산너머 남촌'입니다. 가끔 들를 때마다 동네를 산책합니다. 사계절 들판에서 불어오는 바람에는 시골의 구수한 향기가 있습니다. 도시에서 태어나고 자랐지만 어느 순간부터 시골여자가 되어갑니다. 남편이 착실한 이유가 보입니다."

# IV

# 아내의 서재

# 들어가며

결혼 후 지금까지 여섯 번의 이사를 했다. 지금도 전셋집에 살고 있다. 이삿짐을 싸고 푸는 일은 늘 아내 몫이었고, 이사하는 날은 어김없이 아내의 불만을 들어야 했다.

"자기야, 이 책들 안 보는데 이제 버리자." 보지 않는 책들을 힘들게 이삿짐에 넣었다가 다시 풀어서 책장에 꽂아야 하는 수고로움을 이해하기 힘들다는 아내.

"내가 살아온 흔적들인데 가져가면 안 될까?" 아내는 내가 과거에 미련을 버리지 못하는 마음 여린 남자라고 생각할 것이다. 하지만 그 책들은 외로웠던 나를 위로해준 친구와도 같은 데다 언젠가 쓸모가 있으리라 생각하면 쉽게 버릴 수가 없다. 앞으로도 그렇겠지.

작더라도 아내가 소원하는 우리 집이 생기면 참 좋겠다. 이사를 하는 수고로움이 그리워지는 날이 우리 부부에게도 찾아올까. 마음속으로는 늘 서재가 있는 근사한 집을 꿈꾸며 살고 있다. 그 꿈이 이뤄지는 날을 기다리며, 아내의 서재에 글을 남겨본다.

# 몰랐던 아내를
# 다시 만났다

1998년, 참 오래되었다. 20년이다. 스물세 살의 청년이 감당하기 힘들었던 시간. 대수술을 받고 남은 건 망가진 몸과 퇴직금에 위로금을 조금 더해서 국가로부터 받은 300만 원이 전부였다. 홀로 세상에 던져지니 살길이 막막했다. 하루아침에 삶이 이 정도까지 추락할 수도 있다는 사실이 믿기지 않았다.

육사생도 시절 22킬로의 완전군장쯤은 거뜬하던 나였지만 수술 후에는 집밖을 출입하는 것조차 쉽지 않았다. 유격과 수차례의 공수훈련을 거치면서 세상 무서울 것이 없던 사관생도였지만 손이 떨려 혼자 밥도 먹지 못하는 지경으로 추락하기까지 오랜 시간이 걸리지도 않았다.

할 수만 있다면 현실로부터 도망이라도 치고 싶었다. 우울과 무력감이 내 하루를 온전히 집어삼켰다. 집 안에서 보내는 시간이 길어질수록 외로움은 깊어만 갔다. 가족에게도 마음을 열지 못했다. 울며 지낸 그 시절의 밤은 기억하고 싶지도 않다. 내 인생에 몰아친 가장 길고 혹독한 겨울이었다.

지독한 외로움을 끝내고 싶었다. 건강도 되찾고 싶었다. 그때 나를 다시 일으킨 것이 마라톤이었다. 전날 밤 내린 눈으로 경주 보문단지는 차가웠다. 반팔 티셔츠에 핫팬츠를 입고 얼어 죽거나 힘들어 죽을 각오로 첫 마라톤 하프코스를 연습 없이 도전했다. 결과는 뻔했다. 그래도 끝까지 걸어서 완주를 했고 이후 며칠을 감기와 근육통으로 누워 지냈다. 1999년 3월, 그때의 작은 성취감을 시작으로 내 인생 마라톤은 다시 시작되었다.

꿈을 좇아 달린 인생 여정은 나를 베를린에 데려다놓았다. 베를린, 프라하에서 네 번의 마라톤을 완주했고, 폴란드에서는 내가 기획하고 만든 마라톤 대회가 지난해 봄에도 개최되었다. 벌써 여덟 번째 레이스다.

올해로 마흔셋. 한국에 돌아온 지난 5년간 나는 새 삶을 꿈꾸고 있다. 주재원 생활 끝에 나에게 날아든 것은 가족이란 이름의 파랑새다. 남편도 남편이 처음이어서 아내의 가슴에 서툰 상처를 남긴 적도 많았다. '내가 밖에서 어떻게 일하고 있는데'라며 버럭 화를 내던 때가 있었다. 가족을 위해서라며 가족에게 상처를 강요하던 시절. 요구하는 나와 받아들일 수밖에 없는 아내, 그 관계 속엔 상처만 남을 뿐이었다. 그땐 그걸 몰랐다.

내 몸이 무너졌을 때 비로소 나를 돌아볼 수 있었던 것처럼, 아내의 몸 상태가 위태롭고 나서야 아내가 보였다.

결혼 11년 차가 되어서야 몰랐던 아내를 다시 만난다. 모두가 떠난 뒤 홀로 남은 아내를 생각하기까지 어쩌면 이토록 오랜 시간이 걸렸던 것일까. 잠든 아내의 발을 가만히 주물러본다.

"우리 행복합시다."

"첫 데이트가 있던 날, 남편이 데리고 간 곳은 연기 자욱한 고깃집이었습니다. 이 남자의 센스는 이때 알아봤어야 했습니다. 테이블에 앉아서는 배려 없이 자기 얘기만 열심이었지요. 다른 남자들과는 달랐습니다. 친절하지도 않았고, 세련되지도 않았습니다. 그런데 그 투박함에 따스함이 느껴졌습니다. 다른 건 모르겠지만 이 남자에게서 순수함을 느낀 것 같습니다. 훗날 같이 살면서 남편의 아픔을 알게 되었습니다. '얼마나 외로웠을까' 하는 생각이 들 때마다 닮은 나를 떠올리게 됩니다. 우린 외로움이란 공통분모를 가지고 있었던 것 같습니다. 서로가 있어야 할 빈자리가 보였던 건 그것 때문일까요."

# 내가 주어가 되었을 때
# 가려지는 것들

펜이 가는 대로 쓰는 글이 수필이다. 형식 없는 글이다.

2017년 가을날 오후 아내와의 추억을 간단한 줄거리로 정리해보았다. 쓰다 보니, 글에서 반복되는 특징 하나가 보였다. 문장의 주어가 대부분 '나'로 되어 있었다. 가족의 일상을 이야기하면서도 어김없이 주어는 '나'였다.

나의 관점으로 상황을 바라보고 판단하는 너무나 익숙한 것이 '나'란 사실을 내 글을 보면서 깨닫게 되었다.

아이가 책상에 머리를 부딪치면 조심성이 없다고 꾸짖는다. 주어가 내가 되었기에 부족해 보이는 것이겠으나,

관점을 돌려 아이의 입장에서 보면 얘기가 달라질지 모른다.

'아빠에게 혼났다. 왜 혼이 나야 하는지 모르겠다. 내 키는 고작 80센티에 불과하고 테이블 모서리가 높아 잘 보이지 않는다. 내가 올려다보는 세상과 아빠가 내려다보는 세상이 다르단 걸 아빠는 모르는 것 같다.'

아이가 이런 글을 쓸 수는 없겠지만, 아이의 언어를 통역할 수 있는 기계가 있다면 필시 이런 말이 나오지 않을까. 그동안 아내도 속으로 삼킨 말들이 얼마나 많았을까?

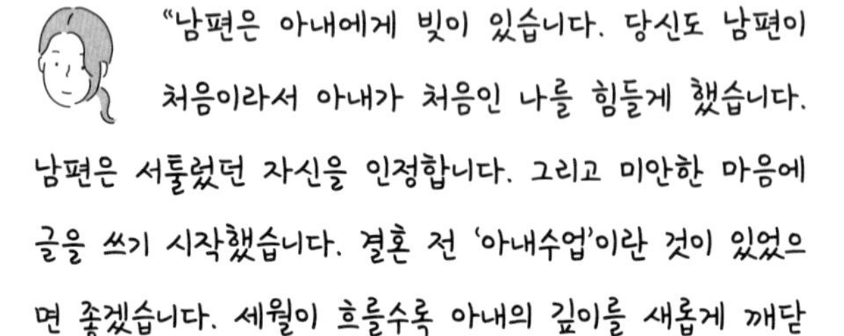

"남편은 아내에게 빚이 있습니다. 당신도 남편이 처음이라서 아내가 처음인 나를 힘들게 했습니다. 남편은 서툴렀던 자신을 인정합니다. 그리고 미안한 마음에 글을 쓰기 시작했습니다. 결혼 전 '아내수업'이란 것이 있었으면 좋겠습니다. 세월이 흐를수록 아내의 깊이를 새롭게 깨닫습니다."

# 책 읽어주는 아내

몇 해 전 아내는 아이들에게 책을 바르게 읽어주려고 독서지도사 공부를 했다. 중간에 수술과 병원치료를 받느라 자격증 시험을 보지 못했다. 3년이 지난 작년 가을부터 다시 공부를 시작했다. 나는 독서지도사가 어떤 것을 하는지 모른 채 아내가 부탁하는 파일들을 인쇄해준 것이 전부였다. 아내는 아이들을 재운 뒤 밤마다 인터넷강의를 듣고 문제집도 풀고 서평 쓰는 연습도 했다. 세 과목의 필기시험과 독서감상문, 지도계획안을 작성하는 실기시험을 본다고 했다. 11월 말 부산으로 시험을 보러 가던 날 아내는 덤덤

했다. 아이들은 엄마가 무슨 시험을 보는지 궁금해했다. 시험은 어려우냐고, 합격하면 선생님이 되느냐고, 선생님이 되면 학원을 열어서 돈도 많이 벌면 좋겠다고 말했다. 아이들이 엄마를 웃게 했다.

오랜만에 부산에서 맛있는 어묵도 먹을 수 있어서 좋았다. 시험장에 한 시간 전 여유 있게 도착했지만 빈자리가 없이 사람들로 가득했다. 창문 너머로 보니 삼사십대 여성들이 대부분이다. 아이를 키우는 엄마들처럼 보였다. "엄마 시험 잘 보세요." "엄마 파이팅!" 하며 기운을 불어넣고 아이들과 운동장에서 공놀이를 했다. 한 시간을 실컷 놀았는데도 엄마를 보려면 몇 시간이 더 남았다. 가까운 서점에 들러 아이들이 사고 싶은 책을 한 권씩 사주고 나도 새로 나온 에세이집을 펼쳐보며 시간을 보냈다.

시험이 끝나갈 무렵 출입문 앞에서 기다렸다. 환하게 웃으며 아이들을 안아주는 아내. 시험은 조금 어려웠지만 끝나니 홀가분하다며 긴장을 풀었다. 수고했다고 안아주었다. 시험결과는 한 달 후 크리스마스가 지나서 나온다. 돌아오는 차 안에서 피곤한 아내는 잠들었고 유찬이도 엄마 무릎에 누워 잠들었다.

시간이 흘러 시험결과가 발표되는 날, 결과가 궁금해 아침부터 유난을 떨었다. 아내는 떨어지면 또 보면 된다고 덤덤하게 말했지만 내심 기대하는 눈치다. 집에서 기다리다가 외출을 했는데 마침 아내에게서 문자가 왔다.

"시험 합격!"
"축하해, 수고했어. 이제 선생님이라고 불러야겠네."
"그러지 마."
"대단해. 그 어려운 걸 해냅니다."
"대단하긴 뭐. 많이들 합격하는 건데."

합격 소식은 아내와 아이들에게 크리스마스 선물이었다. 어쩌다 어른이 된 아내와 아직 어리지만 생각이 깊은 아이들을 위해 집으로 가는 길에 케이크 하나를 샀다. 그날 이후 아내의 책 읽어주는 모습이 더 사랑스러워 보인다.

"당신과 심하게 다툰 날 나는 갈 곳이 없습니다. 집에 있자니 우울하고, 친정으로 가자니 자존심이 허락지 않습니다. 한 번씩 다툴 때면 이 세상에 아내의 공간만 없다는 걸 절감합니다. 내가 공부하는 이유는 가끔 자신의 존재가 머물 곳이 필요하기 때문인지도 모릅니다. 남편에게는 직장이라는 피난처가, 아이들에게는 학교라는 피난처가 있지만, 나에게 허락된 피난처는 그 어디에도 없습니다. 가족이 전부가 될 수는 없습니다. 가끔 가족이 상처가 될 때도 있으니까요. 남편은 아내의 공부를 지지해주세요. 아내에게도 허락된 시간과 공간이 필요합니다. 창틈 사이로 들어오는 한줄기 빛과 같은, 숨 쉴 틈을 찾아주세요."

# 문학이 있는 목요일

"건강하니 글공부도 할 수 있네. 당신은 하고 싶은 것을 찾아서 좋겠다, 부럽네. 나는 몸 하나 추스르기도 힘든데. 잘해봐."

포항에 온 지 겨우 일 년. 글을 배우고 싶어 문학아카데미에 등록했다. 개강식 날 아는 사람 하나 없어 부담도 덜할 법한데 나를 소개하려니 갑자기 심장이 두근두근.

"글솜씨는 없지만 아내에게 희망을 주는 글, 아이들의 인생에 도움을 주는 책을 써보고 싶습니다." 부끄럽지만 진심이었다.

매주 목요일 밤마다 시, 소설, 수필에 대한 이론을 접하는 것은 물론 괜찮은 작품들을 낭독하고 소감을 발표하는 기회도 가졌다. 주말에는 지역의 문화를 찾아 답사를 다니며 시나 산문의 영감을 떠올렸다. 『채식주의자』를 쓴 작가 한강의 아버지인 한승원 소설가의 강연도 기억에 남는다.

연말, 수료식과 문집의 출판기념회에 가족을 초대했다. 책을 펼쳐본 아내와 아이들은 아빠의 글을 읽으며 제 이름이 있는 것을 신기해했다. '가족에게 쓰는 편지'의 한 부분을 직접 낭독했다. 전날 밤 아내 몰래 연습을 했지만, 개강식 때보다 훨씬 많은 사람들과 가족 앞에서 낭독하기란 여간 부끄러운 게 아니었다. 심호흡을 하고 읽어 내려갔다. 조용해진 사람들. 가족들의 얼굴. 내 목소리. 잠깐이지만 주인공이 되었다. 끝이 나고 들리는 박수 소리에 기분이 좋았다. 그날 밤, 8개월간 글공부의 결실이 아내와 아이들에게 좋은 선물이 된 것 같다.

다음 날 라디오 방송에서 아내의 인터뷰가 나왔다. 내가 낭독하던 목소리도 있었다. 아내도 인터뷰 내용을 말하기 부끄러웠는지 방송에서 들어보라고만 했다.

"남편분이 가족에게 쓴 편지를 직접 낭독하셨어요. 듣고 난 소감이 어떠세요?"

"올해 갑자기 글공부가 하고 싶다고 할 때만 해도 별로 기대를 안 했는데, 오늘 이런 자리가 있어 깜짝 놀랐어요. 열심히 한 것 같아 보기 좋네요."

아직 문학을 잘 모른다. 하지만, 아내와 아이들을 웃게 하는 것을 보니 문학이 괜찮은 것 같다.

"남편의 글공부는 나를 위해서 시작되었습니다. 글이 책이 되는 과정을 옆에서 지켜보았습니다. 아내를 위해 글을 쓰고 책을 만드는 남편이 왠지 멋집니다."

# 일기장과 백일장

문집에 수필을 몇 편 싣고 나서부터 블로그에 일기를 쓰기 시작했다. 형식도 없이 생각나는 대로 때론 한 줄, 때론 길게도 써 내려갔다.

공개적으로 일기를 쓴다는 것, 그 이유는 솔직함을 연습하기 위해서다. 집이나 직장에서 스트레스를 받아가며 힘들게 살고 있으면서 일기장엔 아닌 척, 멋진 척하는 것은 나답지도 않다. 아내에게 직접 이야기하지 못하는 속마음을 글로 써놓으면 아내가 읽곤 한다. 내 마음을 알아준다.

2년 전 포항의 열린 백일장에서 아내가 쓴 글이 상을 받았다. 아내에게 숨겨진 재능이 있다는 것을 처음 알았다. 작품집에 실린 글을 읽고, 아내의 고민도 이해했다. 아내는 말보다 글로써 자신의 속마음을 털어낸다.

얼마 전 유신이도 블로그를 갖고 싶다고 보채서 만들어 주었다. 블로그가 생겨서 좋다고 쓴 일기, 편지, 독후감, 동화 같은 글에는 아이의 눈높이에 딱 맞는 글들이 있다. 아빠, 엄마, 아이까지 일기장과 백일장에 글을 쓰는 것이 마음의 위안이 되는 요즘이다.

한 가지 바람이 있다. 내가 솜씨 없는 글이나마 에세이집을 낸다면, 아내도 자신의 이야기를 담은 에세이를 출간하면 좋겠다.

**"언제부턴가 남편의 블로그에 접속하는 습관이 생겼습니다. 오늘은 어떤 하루를 보냈을까? 글을 읽어보면 남편의 심정을 이해하게 됩니다. 가끔 내 행동이 심했다는 것을 뒤늦게 깨닫습니다. 오늘 남편의 블로그에 '좋아요' 하나를 남겨야겠습니다."**

## 김유신의
## 글쓰기 연습소

2018년 2월 4일

엄마! 저예요, 저! 엄마 아들 유신이요! 그동안 엄마 말 잘 안 들은 것 반성할게요. 지금 쓰고 있는 이 편지가 내 블로그에서 처음으로 쓰는 거예요.

3학년 때는 엄마 말 잘 들으려고 노력할게요. 숙제도 열심히 하고, 공부도 열심히 하고, 운동도 열심히 해서 멋지고 건강한 사람이 될게요! 제가 크면 회사에 가서 돈을 많이 벌어 엄마 아빠에게 효도할 자신 충분히 있어요.

그럼 안녕히 계세요.

2018년 2월 23일, 날씨: 맑음

제목: 엄마 친구의 방문, 딸 박서윤

오늘 엄마 친구인 '윤신원' 아줌마가 온다고 했다. 유찬이는 서윤이가 어떻게 생겼을지 궁금하다고 했다. 사촌 중에서도 여자아이가 없으니…… 우리가 집에 들어갈 때, 서윤이가 문 앞에서 기다리고 있었다. 우리는 바로 인사를 했다. 아줌마가 우리를 안아주셨다.

내가 태권도장에 있는 사이, 엄마한테 내 블로그 이야기를 해주라고 했는데 깜빡하셨다. 아줌마가 블로그를 보더니 좋다고, 이웃추가를 하자고 했다. 드디어 이웃신청 표시가 들어왔다. 그런데 이웃은 되지 못했다. (;;;-_-) 알고 보니, 나도 아줌마 블로그에서 이웃추가를 해야 하는 거였다. (헐) 결국 무사히 이웃신청을 했다.

이제 점심 겸 저녁을 먹으러 횟집으로 갔다. 물고기가 사는 수족관이 있었다. 거기에는 유찬이 몸길이만 한 대방어도 있었다. 줄무늬가 있는 참돔도 있고, 농어도 있었다. 옆에는 킹크랩이 있었다. 꼭 치고받고 싸우는 것처럼 어떤 게는 또 어떤 게 위에 올라가 있었다.

음식이 나오고, 내 앞에 물회가 놓였다. 안 그래도 꼭 먹어보고 싶었는데, 다행이었다. 나는 바로 젓가락을 들어 물회를 집었다. 보기에는 진짜 맛있어 보이는데, 과연 실제 맛은 어떨까? 기대를 안 해도 좋다. 물회는 아무 맛도 안 난다. 모두 처음에는 고추장 맛으로 먹는다고 했다.

다 먹고, 우리는 다시 수족관으로 갔다. 그때, 아주머니가 물고기 한 마리를 잡았다. 물고기가 파닥파닥하면서 우리 쪽으로 물을 튀겼다.

어느덧 헤어질 시간이 됐다. 서로 안아주고, 작별인사를 했다. 서윤아, 다음에 또 보자!

# 오래된 사진첩

우리가 처음 만났을 때 아내는 스물여덟 살, 나는 갓 서른이 되었다. 결혼 전 아내의 살아온 이야기(소위 말하는 과거)를 들어볼 기회는 없었다. 결혼을 하고도 일 때문에 다른 나라에서 바쁘게 살다 보니 기회가 좀처럼 생기지 않았다. 얼마 전 장모님께서 작은 사진첩 두 권을 보여주셨다. 그 속에 수줍어하는 아내가 있었다. 초등학교와 중학교 시절의 컬러사진은 요즘처럼 세련되지 않았다. 80년대 서울 변두리 동네의 풍경이 담겨 있었다.

아내의 고향은 서울이다. 장인어른과 장모님은 경북 문경에서 태어나 결혼 후 서울로 올라오셨다. 성북구 어느 동네의 문방구가 딸린 집에서 사남매가 태어났다. 위에서부터 하나, 둘, 셋은 딸이고 막내가 아들이다. 아내는 안 보고도 데려간다는 셋째 딸이다.

장인어른은 작은 문방구에서 학용품이나 생활용품을 파는데 아이들 푼돈을 받는 게 미안하셨는지 돈을 받지 않고 주는 경우도 있었다. 넉넉한 형평도 아닌데 쑥쑥 자라는 아이들은 어찌나 많이 먹던지 갈빗집에서 고기를 뜯는 사남매를 잊을 수 없다고 장모님은 말씀하셨다.

중학교 때 도봉구로 이사 와서 1층에 조그마한 슈퍼마켓이 딸린 다세대 주택을 구입하셨다. 3층까지는 월세를 주고 4층에서 여섯 식구가 방 세 개를 사용했다. 막내아들에게는 방 하나를 주었고 세 딸은 현관과 화장실 사이에 있는 작은방에서 살았다. 옥상에 올라가보면 비슷한 집들이 뛰어서 넘을 만큼 가까운 거리를 두고 이어져 있었다.

재래시장과 조금 떨어진 슈퍼마켓이라 처음엔 장사가 잘되었지만 24시간 편의점이 하나둘 생기면서 벌이가 신통치 않았다. 그래도 하나뿐인 아들이 잘돼야 집안을 일으킨다며 대학을 졸업하고도 몇 년간 관세사 공부를 하는 데에 장사해서 번 돈을 보태셨다. 세 딸은 대학을 졸업하고 무난히 취업해 부모님의 큰 보탬 없이 시집을 갔다.

아내의 학창시절은 평범했다. 피아노가 배우고 싶어 엄마를 못살게 하며 졸라 겨우 학원을 다녔지만 형편이 어려워 두 달도 못 채우고 그만둔 것이 몹시 아쉬웠다고 한다. (그래서인지 유신이는 2학년부터 1년 넘게 피아노를 배우고 있다.) 그 후론 덜 비싼 주산을 배웠다. 초등학교 때는 동네에서 똑똑한 아이로 소문이 났었고 중학교 때는 키가 크고 공부도 잘해서 반장까지 했다. 반장이 된 날 엄마에게 자랑스럽게 얘기했지만 엄마의 반응은 싸늘했다. 여자가 반장을 해서 뭐하느냐고, 쓸데없이 돈 드는 일을 만들어왔다며 칭찬은커녕 오히려 화를 내셨다. 사춘기였던 그때의 기억이 아내에겐 지금까지도 섭섭한 마음으로 남아 있었다.

소설 속 '82년생 김지영'처럼 지극히 평범하게 자라온 '78년생 이남희'. 김지영이 아픈 것처럼, 이남희도 아프다. 결혼생활의 절반인 다섯 해를 병과 싸우고 있다. 사진첩 속 수줍은 아이였던 아내는 이제 두 아이의 엄마다. 자신의 어린 시절을 떠올리며 좋은 엄마가 되려고 노력하는 중이다.

"얼마 전 친정에 다녀왔습니다. 엄마가 책장에 꽂힌 사진첩을 꺼냈습니다. 헉! 남편에게 보여주기 부끄러웠지만…… 나도 남편의 어린 시절 사진을 다 봤는걸요. 사진 한 장으로 서로 더 가까워졌습니다."

## 쇼핑 초보

올여름 참 더웠다. 더위를 먹었는지 아내 생일날을 퇴근하고서야 알았다. 아무리 아침 일찍부터 저녁까지 일하고 주말마저 직장에 나가는 가장이라 하더라도 결혼 후 열 번째 맞이한 아내의 생일을 잊었다는 것은 분명 용서가 안 될 일이다. 사실 그동안 제대로 된 생일 선물을 해준 기억이 많지도 않다. 아이들이 엄마의 말을 전했다. "아빠는 엄마에게 너무 무관심해요." 가슴이 뜨끔했다. 하루 종일 내 전화를 기다렸다는 아내. 퇴근길에 생일 케이크 하나쯤 들고 올 것이라는 마지막 희망. 올해도 당연히 빈손일 테니 기대는 하지 않겠다고 다짐했을 아내지만, 그래도 열 번째니 혹시나 했을 것이다. 모든 기대가 현실이 된 순간 애써 웃는 얼굴과 떨리는 입술은 너무나 어색했다. 아내는 이후 일주일을 침묵하며 혼자 화를 삭였다.

한 달이 훌쩍 지나고 아내에게 가을 옷을 선물하고 싶어 대구에 가자고 했다. 옷을 사고 대구의 유명한 먹거리인 막창 집에 가서 점심도 먹기로 했다. 최근에 생긴 대구 신세계백화점은 규모가 서울과 별 차이 없는 데다, KTX역과 버스터미널의 복합 환승센터에 위치해 있어 명동처럼 붐볐다. 화려한 조명 아래 진열된 상품들을 보면서 아내의 표정도 밝았다. 큰소리 치고 백화점에 왔지만 정작 아이들은 먹거리와 놀거리에 발길을 멈추었다. 아내 뒤를 따르는 세 남자의 마음은 이미 다른 곳에 가 있었다.

점심때가 지나자 슬슬 배도 고파오고 맛있어 보이는 음식들 앞에서 아이들의 발걸음이 무거워진다. 분명 엄마를 위한 시간인데 머릿속엔 온통 아이스크림 생각뿐인 아이들, 삐진 입술은 소리 없이 아이스크림을 말하고 있었다. 아빠가 무섭게 얼굴을 찌푸려도 통하지 않는다.

"어휴, 그럼 그렇지. 내가 무슨 쇼핑을 하겠어. 애들 먹고 싶은 거 사줘요."

"아니야, 오늘은 당신을 위해서 만든 시간이니까 괜찮아. 예쁜 옷 먼저 사자. 여기 어때?"

"……."

아이들의 얼굴에선 표정이 사라졌다. 어깨도 축 처지고 물어도 대꾸도 안 한다. 곧 울 것 같았다. 어쩔 수 없이 내가 애들만 데리고 아이스크림 가게로 갔다. 하나씩 사주니 세상에서 가장 환한 얼굴로 맛있게 먹는다. 기분이 좋은지 아빠도 한입 맛보라고 준다. 진짜 맛있다. 비싼 게 맛도 좋았다. 이왕 시작했으니 츄러스도 하나씩 사줬다. 최고의 아빠가 되었다.

첫째는 엄마에게 감사의 편지를 쓰고 둘째는 신나게 뛰어다녔다. 여자와 남자의 뇌 구조가 다른 것이 맞나 보다. 엄마는 조용히 맘에 드는 옷을 찾아다니고 남자는 쇼핑보다는 먹고 책 보는 게 더 좋은 것 같다.

얼마 후 아내가 작은 쇼핑백을 들고 돌아왔다. 보지 않아도 단출한 옷을 샀을 게 뻔했다. 좋은 옷, 비싼 옷 하나 샀으면 좋았으련만, 역시나 몇만 원짜리 얇은 블라우스 한 벌이다. 분명 아내는 오랜만에 쇼핑을 하며 큰마음을 먹었을 것이다. 누구 아내, 누구 엄마가 아니고 이남희 자신을 위해 망설이지 않기를 바랐다. 맘에 드는 것이 너무 많아서 고르지 못하는 게 아니었다. 꼭 필요한가를 생각했을 터이고, 가격도 비싼 것은 지나쳤으리라.

"맘에 드는 옷이 별로 없어. 올가을은 유행하는 디자인도 안 보여. 유신이, 유찬이 아이스크림 맛있었어? 자, 이제 맛있는 점심 먹으러 가자."

돌아오는 길, 유찬이의 어설픈 우리말 표현이 엄마를 웃게 한다. 자동차 룸미러로 보이는 아내의 표정이 밝다. 아내를 위한 세 남자의 행복 만들기 프로젝트는 나름 성공적이었다.

그날 밤 아이들을 재운 뒤 아내가 말했다. 자기를 위해 노력하는 아이들과 남편에게 고맙다고.

“결혼 후엔 나를 위한 쇼핑은 늘 뒷전이었지요. 게다가 남자 셋을 데리고 쇼핑하기란 너무 어렵습니다. 옷을 사주겠다는 약속을 지키려는 남편 덕분에 나를 위한 쇼핑을 했습니다. 마음에 드는 옷이 없어도 기분은 최곱니다. 나를 위해 노력하는 당신이 고맙습니다.”

# 아내의 일기1

지금 나의 가장 큰 과제는 침묵을 깨는 것이다. 난 어려서부터 눈치를 참 많이 보았다. 아들을 간절히 바라는 부모님의 셋째 딸로 태어났고(다행히 남동생을 한 명 얻기는 했다) 어려서부터 부모님의 관심을 받기 위해 공부도 더 열심히 했다. 언젠가부터 난 늘 착한 딸이어야만 한다는 부담을 지고 살았다. 학창시절 항상 상위권 성적을 유지하는 가운데 학급 임원도 하면서 그렇게 부모님의 자랑스러운 딸로, 사춘기 때 반항 한번 한 적 없는 조용한 아이로 자랐다.

사회생활을 하면서도, 결혼 후에도 나는 여전히 수용적인 사람이었다. 내 삶도 성격처럼 조용히 흘러갈 거라 생각했다. 그러나 결혼을 하고 아이들을 키우던 중 생각지도 못한 병이 나를 찾아왔다. 3년간 세 번의 수술 끝에 극복하긴 했지만 지금도 2~3개월마다 정기검진을 받아야 한다. 아프기 시작한 후 가장 먼저 든 생각은 내 병이 마음에서 비롯되었다는 것이었다.

39세. 그동안 난 너무 침묵하며 살아왔다. 내가 원하는 것을 한 번도 제대로 표현한 적이 없었다. 난 어디에 있건 주변인이었다. 양보하고 비켜주는 것이 차라리 마음 편했다. 옳지 못한 행동을 보거나 부당한 대우를 받을 때에도 대부분 침묵했다. 타인 앞에서는 침묵하고, 혼자 마음으로 아파하고 욕하고 힘들어했다. 그런 응어리들이 내 몸속에서 병으로 자라지 않았나 생각한다.

나에게 침묵은 독이다.
좀 더 일찍 알았다면 내 삶이 좀 더 '나'다울 수 있었을까?

# 처음을 살다

고속버스를 타고 서울 길에 올랐다. 아이들은 아빠가 출장을 간다고 평소보다 일찍 일어나서 배웅해준다. 아이들과 작별인사를 하고 아내의 차에 올라탔다. 차창 밖은 각자의 목적지로 향하는 사람들로 분주하다.

아내가 시청 앞 버스정류장까지 바래다주었다. 오랜만에 버스에서 바라보는 세상은 평화로웠다. 시내를 빠져나간 버스가 고속도로에 접어들자 곧 초록으로 뒤덮인 풍경이 펼쳐졌다.

차창에 정장을 입은 내 모습이 비친다. 며칠 새 눈가 주름이 조금 는 것 같다. 자꾸만 정수리 쪽 머리숱이 옅어진다. '이렇게 나이를 먹는 건가.' 낯선 내가 물끄러미 나를 바라본다.

"나이에 맞게 늙어가는 멋이 있어요. 마흔셋은 늦은 나이가 아니에요. 당신도 나도 오늘은 처음이잖아요. 우울해하지 말아요. 우리는 늘 처음을 살고 있으니까요."

# 짜장과 짬뽕

예천에서 일을 보고 포항에 도착하니 시간은 이미 오후 5시를 넘어가고 있었다. 부모님 일을 돕느라 몸은 천근만근이었지만 매주 한 번씩은 산책하자는 약속을 지키기 위해 집에서 가까운 공원을 찾았다.

흐드러지게 핀 벚나무가 바람에 흔들리면 머리 위로 눈꽃이 내렸다. 길을 걷다 보니 문득 지난날들이 머릿속을 스쳐간다. 아내가 암 판정을 받던, 칠흑같이 어둡던 그날이 어느새 과거가 되었다. 과거를 극복한 아내가 지금 내 옆에서 함께 걷고 있다. 그리고 목숨보다 귀한 두 녀석은 하늘의 선물이다. 딱 오늘처럼만 살고 싶다. 꽃 같은 이 길만 걷고 싶다.

오늘은 웬일로 따뜻한 국물이 생각난다는 아내. 연애 시절이 떠올라 네 식구는 근처 중국집을 찾았다. 중식하면 역시나 짜장면과 짬뽕이다. 어떤 경우라도 한쪽으로 쏠리는 경우가 없다. 하나가 빠지면 묘하게 어색한 것이 짜장과 짬뽕의 궁합이다. 부부도 마찬가지 아닐까. 전혀 다른 두 사람이 만나 묘한 조화를 이루는 것. 짜장을 먹다가 슬쩍 아내의 짬뽕에 젓가락을 가져간다. 이런 맛에 중식을 먹는다.

튀지 않고 소박해도 네 식구 지금처럼 살면 됐다. 꽃길이 별건가.

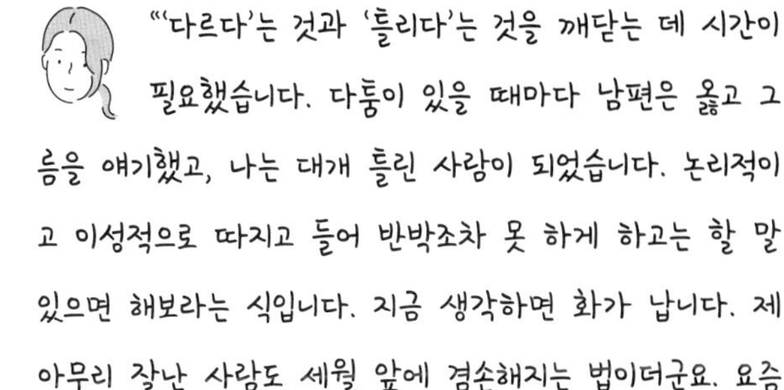

“‘다르다’는 것과 ‘틀리다’는 것을 깨닫는 데 시간이 필요했습니다. 다툼이 있을 때마다 남편은 옳고 그름을 얘기했고, 나는 대개 틀린 사람이 되었습니다. 논리적이고 이성적으로 따지고 들어 반박조차 못 하게 하고는 할 말 있으면 해보라는 식입니다. 지금 생각하면 화가 납니다. 제아무리 잘난 사람도 세월 앞에 겸손해지는 법이더군요. 요즘은 남편이 잘나봐야 우린 그저 짜장에 짬뽕이란 생각이 듭니다. 보통 사람들의 보통 일상에 뭐 그리 따질 일 있을까요.

틀림이 아니라 달라서 그런 것이라 생각해버리면 이해 못 할 일도 없습니다. 이제 남편도 다름을 알아가는 것 같습니다. 결국 우리는 짜장에 짬뽕입니다."

# 아내의 일기2

아침부터 남편은 들떠 있었다. 평소에 끼지 않던 졸업 반지를 끼고 옷을 차려입은 후 거울을 본다. 입을 굳게 다물고 어깨를 쫙 펴본다. 세월이 지나 생도 시절처럼 젊은 외모는 아니지만 마음은 여전히 이십대다. 며칠 전 아이들과 함께 남편이 자랑스럽게 생각하던 육사에 다녀왔다. 졸업 20년을 기념해 모교방문 행사가 있던 날 서울로 네 시간을 운전하면서도 남편은 피곤해 보이지 않는다. 가끔 콧노래도 불렀다. 남편에게 육사란 무엇일까 궁금했다.

교정은 넓게 확 트여 있고 숲과 나무가 아름답게 가꾸어져 있었다. 북적북적하고 자유로운 일반 대학 캠퍼스와는 달리 왠지 큰 소리를 내면 혼이 날 것 같고 행동이 조심스러워지는 곳이다. '智仁勇'이란 교훈이 쓰여진 높은 탑에는 전망대가 있어서, 남산 서울타워에 비할 바는 아니지만 서울을 사방으로 내려다볼 수 있었다. 불암산과 북한산의 경치는 생도들에게 자부심이 되었을 것이다.

흰 깃털이 달린 모자와 빨간색 예복을 입은 사관생도는 현대의 화랑처럼 패기가 넘쳤다. 천 명의 생도들과 졸업생들이 함께 부르는 애국가와 교가를 들으니 가슴이 먹먹했다. 처음 들어보는 우렁찬 목소리에 아이들도 놀랐는지 끝날 때까지 꼼짝하지 않았다. 화랑의식이라는 퍼레이드를 보면서 남편의 20년 전이 떠올랐다. 이 사람도 저렇게 멋졌겠지.

"자기 동기들과 아내들을 만나보니 평소에 당신이 했던 말이나 행동들이 조금 이해가 돼."

11년을 같이 살았으면서 이제 이해가 된다는 말에 남편의 표정이 약간은 어리둥절하다.

"글쎄…… 뭐라고 표현해야 할지 잘 모르겠지만, 자기

가 지금껏 열심히 살아야 했던, 성공하려고 부단히도 노력했던 이유 같은 거."

"하하하, 내가 그렇게 살아왔나? 내가 그렇게 말한 적은 없는 것 같은데……."

"육사 동기들은 군에서 엘리트잖아. 그중 어떤 친구는 장군도 될 테고, 정치가로 높은 위치까지 올라가기도 할 텐데 자기는 일찍 전역하고 사회에서 다른 길을 걷잖아. 나이 들어서 친구들에 비해 초라해지지 않으려고 부지런히 살아온 게 아닌가 싶네. 아내들도 오늘 처음 만났지만 말도 재치 있게 잘하고 예의 바르고 상대방을 배려해주는 마음이 훌륭하더라. 군인이라 부부관계도 수직적이지 않을까 생각했었는데 오히려 민간인인 우리보다 더 서로 존중해주는 모습이 참 인상적이었어."

"그렇지, 그분들도 남편 내조하는 거야. 언젠가 남편이 높은 위치에 올라서게 되면 그에 맞는 품격을 지녀야 하니까. 그런데 내가 보기엔 당신도 자격과 인품은 충분히 갖춘 것 같아. 나 같은 까칠한 남편 만나서 10년 넘게 잘 참고 살고 있잖아."

"그런가? 우리는 욕심 없이 마주한 상황에 충실히 살자. 우리보다 나은 사람들과 비교하면서 불행하다 생각하지 말고 일상에 감사하자. 건강하게 자라고 있는 유신이 유찬이 더 사랑하자. 성공과 행복은 주관적인 거야. 우리보다 잘산다고 그들이 다 행복한 건 아닐 테니."

남편이 유난히도 부지런하게 살아가는 이유를 조금쯤 이해할 수 있었던 날이다.

V

# 아내의 유럽

# 들어가며

2018년 1월 13일 토요일. 아내와 2년 가까이 연애를 하고 2007년 오늘 결혼을 했다. 11주년, 서로에게 의지해가며 걸어온 짧지 않은 시간이다. 그사이 엄마와 아빠를 닮은 두 아들이 태어났고 감사하게도 건강하게 잘 자라고 있다. 우리는 결혼기념일마다 함께하기보다 떨어져 있을 때가 많았다. 모자란 남편과 착한 아내가 함께 걸어온 지난 13년을 기억하며 마지막 장을 정리하려 한다.

신혼여행에서 돌아오자마자 남편은 동유럽의 낯선 나라 폴란드로 떠났다. 신혼살림도 제대로 갖추지 못한 시절,

아내는 남편이 살던 조그만 전셋집을 혼자 정리하고 이삿짐을 꾸렸다. 7년 가까이 근무하던 좋은 직장도 그만두었다.

남편을 위해 모든 것을 포기하고 따라나선 아내의 상실감을 남편은 헤아리지 못했다. 주재원 근무가 결정되고 나서 아내의 희생을 당연하게 생각했다. 당시 나는 유럽에 살게 되었다는 막연한 기대감에 한껏 들떠 있기만 했다. 일상에 찾아온 갑작스런 변화들이 아내에게 좋은 일만은 아니었을 것이다. 경상도 남자의 일방통행으로 착하고 순종적인 아내에게 상처를 남긴 적도 많았다. 이 장을 통해 그동안 몰랐던 아내를 다시 만나볼 생각이다.

그땐 많이 미안했다고, 마음으로 사과하려 한다.

## 첫 만남(아내의 관점)

2005년 초여름 종로에 있는 국세청 건물 앞에서 우린 처음 만났다. 소개팅 첫날 남자는 고기 타는 연기가 자욱한 식당으로 날 데려갔다. 까만 피부에 짧은 머리를 한 남자는 별로 궁금하지도 않은 학창시절 얘기부터 사회생활, 마라톤 이야기까지 줄곧 자기 얘기만 늘어놓았다. 이렇게 되리라 전혀 생각지 못했지만, 불가사의하게도 어느새 우린 만남을 이어가고 있었다.

몇 개월이 지나면서 남자는 바쁜 티를 냈다. 한동안 만나지 못하다가 별안간 서로에게 시간을 가져보자는 이별

통보를 해오기도 했다. 당시 이 남자, 왠지 '나쁜 남자' 같다는 생각이 들었다. 여자에 대한 배려가 없었다. 데이트를 하고 집에 바래다준 적도 없었고 데이트 비용도 한 번씩 번갈아가면서 내자며 당당하게 말했다. 보통 남자들과는 분명히 달랐다. 그런데 끌렸다. 시간이 갈수록 오히려 한번 해보자는 오기가 생겼다. 그렇게 옥신각신 우린 남들과 조금 다른 연애 시절을 보냈다.

사귄 지 1년. 서울 시내가 내려다보이는 근사한 레스토랑에서 생일 저녁을 함께하던 날이었다. 그날만큼은 이 남자의 태도가 평소와는 달랐다. 무슨 일이 있는 것이 분명했다. 순간 불안한 기운이 느껴졌다. '뭐지?'

"남희씨……."

나는 남자의 눈을 빤히 쳐다보았다. 다음에 무슨 말이 나올지 긴장됐다.

"앞으로 생일은 내가 계속 챙겨줄게."

"응? 이거 혹시 프러포즈야?"

"아, 그런가? 쑥스럽네."

"뭐야, 난 생일날 이런 식으로 얼렁뚱땅 프러포즈받을 생각 없거든요."

"그러지 말고, 부끄러워서 프러포즈는 따로 못 할 것 같아."

사람은 쉽게 변하지 않는다는 것을 잊을 만하면 이 남자가 일깨워준다. 2007년 1월 13일, 어쨌든 우린 부부가 되었다. 그런데 결혼식 날짜를 잡고 나서 남편의 신상에 변화가 생겼다. 회사에서 폴란드 주재원 자리가 났다는데 이 남자는 이미 마음의 결정을 내린 듯했다. 부부가 된 이상 더는 혼자만의 삶이 아니었기에 나도 마음을 단단히 먹었다.

'그래, 가보자. 유럽! 남들은 가고 싶어도 못 가는데.'

며칠 후 남편이 폴란드로 출장을 떠나고 나는 혼자 결혼식 준비를 했다.

결혼식 날은 아침부터 바빴다. 머리를 올리고 화장을 하고 시간에 쫓겨가며 식장으로 향했다. 머리도 화장도 맘에 들지 않았지만 어쩔 수 없었다. 결혼식이 어떻게 끝났는지 기억도 나질 않는다. 긴장이 풀렸는지 감기몸살이 왔다. 신혼 첫날밤은 감기약에 취해 잠든 기억밖에 없다.

일면식 없던 남녀가 만나 결혼을 했다. 신혼여행을 다녀온 후 남편은 다시 폴란드로 떠났다. 인천공항에 환송을 가면서도 손을 놓기가 힘들었다. 그래도 보내야만 했다. 웃으며 보내줬지만 그가 시야에서 사라지자 나는 바보처럼 울고 말았다. 마치 몸속에서 심장이 빠져나가버린 것 같은 낯선 공허함이 밀려왔다.

"남편이 시야에서 사라지는 순간, 가슴이 내려앉는 슬픔을 경험했습니다. 피 한 방울 섞이지 않았지만, 헤어지던 날 알게 되었습니다. 이 남자가 이미 내 삶이라는 것을요."

## 재회

가끔 TV 홈쇼핑에서 여행상품 광고를 보면 우리 부부가 여행했던 유럽 도시들의 익숙한 풍경이 보인다.

"참 좋다. 그땐 몰랐는데 지금 보니 더 예뻐 보여. 또 가고 싶다."

아내의 말에는 그리움과 아쉬움이 잔뜩 녹아 있었다. 그곳에 살 때는 영원할 것만 같았던 것들이 이젠 아득한 꿈으로 남았다.

2007년, 아내를 만나러 프라하 공항으로 마중 가는 길이었다. 4월, 폴란드에서 체코로 넘어가는 길가에는 벌써 유채꽃이 군락을 지어 피었다. 봄이라지만 군데군데 쌓인 눈밭에 섞여 핀 유채꽃이 마지막 겨울을 천천히 지워내고 있었다.

빨리 아내를 만나고 싶어 자동차 속도를 높였다. 비행기는 이미 도착했지만 수화물을 찾느라 나오는 데 시간이 꽤나 걸렸다. 마음은 벌써 아내를 만나고 있었다. 설렜다. 긴 비행에 피곤함이 가득한 얼굴이었지만 남편 얼굴을 보고 아내는 환하게 웃었다. 두 달 만의 재회였다.

나는 아내를 와락 안았다.

"자기야! 정말 보고 싶었어. 유럽에 온 것을 환영해."

아내에게 프라하의 경치를 보여주기 위해 하룻밤을 지내기로 했다. 유럽의 중심에 있는 것이 꿈만 같다는 아내. 아름다운 프라하의 야경은 아내의 유럽 생활을 꽃길처럼 보이게 했을 것이다. 우린 밤늦도록 이 아름다운 밤거리를 걷고 또 걸었다.

"비행기에 올랐습니다. 자고 또 잤는데 아직 도착은 멀었네요. 참 먼 곳이란 생각을 했습니다. 가장 가까웠던 부모님과 가장 멀어지게 되었고, 남이었던 남자와 가장 가까이 살게 되었습니다. 부부가 되었음을 이제야 실감합니다. 이제는 무를 수도 없습니다. 설렘과 두려움이 함께 밀려왔습니다."

# 유럽에서 신혼여행1

10년 넘은 노트북에서 파일을 정리하다가 사진 한 장을 발견했다. 서른두 살의 남편은 서른 살의 아내 어깨를 감싸고 있다. 둘은 푸른 잔디밭에 앉아 환하게 웃고 있다. 뒤로는 바로크 양식의 베를린 돔(교회)이 웅장하게 서 있다. 유럽에서의 첫 신혼여행지 베를린이었다.

폴란드와 독일은 우리나라와 일본처럼 가깝고도 먼 이웃이다. 베를린은 폴란드 브로츠와프에서 자동차로 세 시간이면 도착할 수 있는 멀지 않은 곳이다. 폴란드가 2004년 유럽연합에 가입했지만, 2007년 당시에는 국경이 완전

개방되지 않았다. 독일로 입국하기 위해서는 국경에서 출입국 심사를 받아야 했다. 독일 국경수비대 군인들이 우리가 탄 자동차를 검열하는 데만 30분 이상 걸렸다.

독일과 폴란드는 국경을 사이에 두고 마치 컬러 TV와 흑백 TV로 비교되는 느낌이었다. 그만큼 독일은 첫인상부터 선이 굵고 꽉 찬 느낌이었다. 높은 산을 찾아볼 수 없는 평원을 달리다 보니 흐린 하늘에 갑자기 비가 내리기도 하고 또 언제 흐렸는지 모르게 파란 하늘이 보이기도 했다. 베를린 시내에 들어서니 갑자기 소나기가 퍼붓기 시작했다. 자동차 위로 떨어지는 빗방울 소리에 두 사람은 흠뻑 취했다. 낯선 나라, 낯선 거리, 낯선 건물과 간판은 그 순간 우리를 더욱 애틋하게 만들기에 충분했다.

소나기가 그치고 햇살이 비치니 두려움도 사라졌다. 출발 전 여행 책에서 본 전승기념탑이 눈에 들어왔다. 탑의 꼭대기에는 황금 여신상이 우뚝 서 있었다. 국회의사당의 웅장함은 독일의 국력을 보여주는 듯했고, 독일 통일의 상징인 브란덴부르크 문도 걸어서 지났다. 비가 그친 하늘에는 무지개가 그려졌다. 남편에게도 아내에게도 낯선 이곳 베를린에서 우리의 첫 여행은 시작되었다. 앞으로 겪게 될 긴긴 여정의 서막이 올랐다.

언제 또 소나기를 만나게 될지 모르지만 우리 함께할 것이다. 함께 비를 맞을 것이다.

"남편과 함께한 모든 길이 처음이었습니다. 혼자가 아닌 둘이 맞는 낯선 길은 두려움보다는 설렘이 컸습니다. 언젠가 도착할 길의 끝에서 우린 어떤 부부가 되어 있을까요."

# 비엔나커피

한국에서 보낸 이삿짐이 도착하고 제대로 신혼 보금자리를 마련하는 데 반년이나 걸렸다. 오스트리아의 수도 빈에서 비엔나커피를 마셔보고 싶다는 아내의 말에 여름휴가를 빈으로 정했다. 우리는 체코의 브르노Brno를 지나 여섯 시간을 운전한 끝에 빈에 도착했다. 오스트리아는 중유럽에서 가장 잘사는 나라이고 자연경치도 아주 빼어나다. 시골 어디를 가더라도 영화 〈사운드 오브 뮤직〉의 배경처럼 보였다. 건물들은 하나하나가 수백 년 된 오랜 역사를 품고 있었고 곳곳에 잘 가꾸어진 공원과 정원들이 눈에 들어왔다. 빈숲에서 슈니첼(돈가스)에 와인을 마시며 석양을 바라보았다. 젊은 동양인 부부에게 흔쾌히 바이올린을 연주해주던 악사들이 기억난다. 모차르트의 나라답게 거리나 식당에서도 음악을 연주하는 사람들을 쉽게 만날 수 있었다.

비엔나에 왔으니 비엔나커피를 마셔야 한다는 아내의 성화에 거리를 돌며 찾아 나섰지만 결국 찾지 못해 이름도 기억나지 않는 커피를 마셨다. 하얀 휘핑크림을 듬뿍 얹은 아메리카노-아인슈패너 커피Einspanner Coffee가 비엔나커피임을 나중에야 알았다.

그런데 여보, 우리 다시 빈에서 커피를 마실 수 있을까?

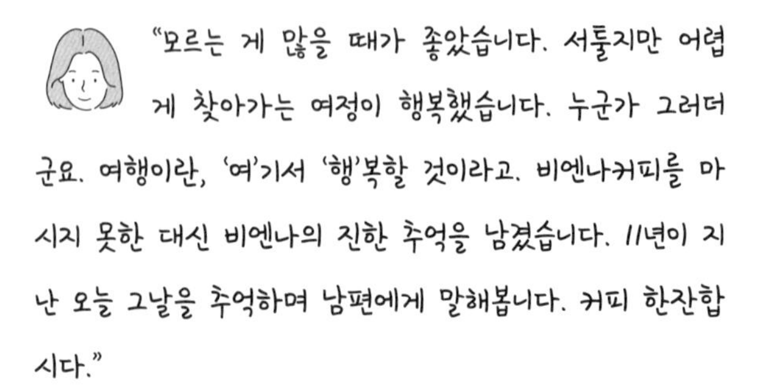

# 유럽에서 신혼여행2

할슈타트Hallstatt는 빈에서 잘츠부르크 방향으로 세 시간 거리에 있다. 사진으로만 본 그림 같은 마을을 찾아가는 길. 오스트리아의 고속도로에서 운전하는 나. 옆자리에서 창밖의 아름다운 경치를 보며 콧노래를 부르는 아내. 마치 구름 위를 걷는 듯 몽환적인 순간이었다. 꿈이라면 깨워보라며 아내에게 팔을 꼬집어달랬다. 아팠다.

한적한 호숫가 작은 마을에 차를 세웠다. 놀이터에서 뛰어노는 아이들이 동양인 부부를 향해 해맑게 웃어준다.

잘츠감마구트 지방에서도 아름답기로 유명한 곳이 할슈타트 호숫가 마을이다. 빙하가 만든 산과 호수 그 경계에 자리 잡은 아담한 마을이 지나던 발길을 멈추게 했다. 계단처럼 만들어진 집들과 창가에 활짝 핀 빨간색 꽃들. 마을 중앙에 서 있는 돌로 지은 성당과 뾰족한 종탑에 시선을 빼앗겼다. 잔잔한 호수에 떠 있는 배와 그 사이를 거니는 백조의 무리들. 동화 속 풍경이 바로 이곳이었다. 아담한 광장, 여유로운 시간을 보내는 관광객들 속에서 아내와 어깨를 기대며 한참 동안 구름 사이로 내리는 햇살을 만끽했다.

"머릿속에 여행을 그릴 때 이미 우리의 여행은 시작되었습니다. 여행의 가장 큰 선물은 바로 '설렘'이니까요. 아이들이 생기기 전, 남편과의 여행은 서로를 이해하는 데 큰 도움이 되었습니다. 생각해보세요. 하루 종일 차를 타고 걷는 동안, 할 일이라고는 대화뿐이니까요."

# 폴란드의 보물1

얼마 전 〈배틀트립〉이라는 여행 프로그램에서 폴란드가 소개되었다. 수도인 바르샤바에서 시작해 크라쿠프의 구시가와 소금광산인 비엘리치카Wieliczka를 보여주었다. 기구를 타고 하늘에서 바라보는 노을의 풍경에 감탄할 수밖에 없었던 로맨틱한 나라.

폴란드의 옛 수도 크라쿠프에는 바벨성과 1364년 세워진 유럽 최고의 대학인 야기엘론스키 대학이 있다. 코페르니쿠스와 교황 요한 바오로 2세가 공부한 곳으로 유명하다. 구시가에 들어서면 중앙시장광장과 성 마리안 성당이 눈에 들어온다. 추억을 남기고자 아내를 흰 마차에 태웠다. 마차는 중앙광장을 한 바퀴 돌고는 바벨성이 보이는 길을 따라 천천히 움직였다. 돌로 만들어진 오래된 길 위로 '또각또각' 들리는 말발굽 소리에 고개를 돌려보는 거리의 사람들이 우리를 부럽게 바라보았다. 마차 위에서 보이는 풍경들을 즐기고 있자니 그 옛날의 왕과 왕비가 된 기분이었다. 노천카페에서 마시는 시원한 맥주는 한여름의 더위를 잊게 했다. 유럽의 맥주는 풍부한 호프를 사용해 맛이 깊고 진하다. 아내는 지비에츠ZYWIEC와 티스키에TYSKIE라는 맥주를 좋아했다. 한국에서는 폴란드 맥주를 맛보기 어려워 아쉽기만 하다.

크라쿠프 인근에 있는 비엘리치카는 유럽에서 가장 오래된 소금광산으로 유명하다. 13세기부터 암염을 채굴했다니 그 역사와 규모를 짐작할 만하다. 유럽은 우리나라처럼 염전에서 소금을 생산하지 않고 땅에서 캐낸다. 오래전 유럽대륙은 바다였고 대륙이 융기하면서 바닷물에 녹아 있던 소금이 땅속에 굳어졌다. 안내원을 따라 좁은 승강기에 몸을 싣고 백여 미터를 내려갈 땐 어두운 지옥으로 빨려가는 듯했다. 무섭다며 아내는 내 손을 잡고 팔짱을 끼었다. 승강기에서 내리면 소금터널을 만난다. 땅속에서 만나는 흰 눈 같은 소금꽃은 생명의 꽃으로 아름답기까지 했다. 더 경이로웠던 것은 암염으로 만든 종교적인 조각상들과 지하에 조성된 넓은 예배당인 킹가 성당이다. 광부들이 만들어서 조금은 투박해 보였지만, 지하세계에서 보는 성당은 감동 그 자체였다. 매일 소금을 캐며 맞이하는 죽음의 접점에서 삶에 대한 희망을 담고 있어 숙연했다.

아내는 수백 년 전 광부들이 만든 성모 마리아 조각상 앞에서 두 손 모아 건강과 행복을 기원했다.

"나는 그동안 한국만 알았어요. 남편 덕분에 유럽을 담을 수 있어서 좋아요. 마차를 타고 왕비가 되어보는 호사도 누렸습니다. 당신과 오래 행복하기를 기도했습니다."

# 폴란드의 보물2

폴란드 남쪽으로는 동유럽의 알프스라고 불리는 타트라 산맥이 슬로바키아와 국경선을 만들고 있다. 휴양도시 자코파네Zakopane가 이곳에 있다. 한겨울에는 눈이 많은 지역이라 지붕이 길고 뾰족한 집들이 특색 있다. 산악열차를 타고 전망대에 올라보면 만년설의 산맥이 파노라마로 펼쳐진다.

북쪽으로는 발틱해를 향하는 소폿Sopot과 그단스크Gdansk 항구도시가 유명하다. 아이에게 추억을 만들어주기 위해 조금 비싸지만 전세 모터보트를 탔다. 발틱해의 파도를 헤치며 시원하게 달렸다. 아직도 유신이의 즐거운 고함 소리가 귓가에 들리는 듯하다. 바다 한가운데 배를 멈추고 갑판에 누워 하늘을 바라보면 하늘과 바다를 구분할 수 없었다. 온몸으로 행복을 표현하는 손짓, 아이와 아내의 즐거움이 곧 남편의 행복인 폴란드 최고의 장면이다.

"벌써 둘째가 태어났네요. 아이들이 유럽의 아름다움을 기억할까요? 훗날 가족여행으로 유럽에 다녀옵시다."

# 런던 여자

매년 늦가을만 되면 묻지도 않는데 아내는 말하곤 한다.

"아, 런던이 그립다. 다시 가고 싶어."

"그럼요. 얼마나 좋았겠어요. 다시 꼭 다녀오세요. 대신 여행 경비는 직접 벌어서요."

나는 심술궂게 대답한다. 아내가 런던을 그리워하는 이유가 있다.

할슈타트를 다녀온 얼마 후, 아내는 런던으로 어학연수를 가게 되었다. 본격적인 공장 건설로 현장에서 지내는 시간이 길어지면서 아내 혼자 집에 있는 날이 잦아졌다. 아내가 다니던 회사의 계열사가 폴란드에 먼저 공장을 세웠고 아내에게 입사 제안을 했다. 아내는 같이 출퇴근하게 될 것 같다며 좋아했다. 얼마 후 내부 사정으로 입사가 취소되어 실망한 아내는 며칠을 시무룩하게 말이 없었다. 매일 밤늦게 퇴근하는 나도 아내가 혼자 집에만 있는 것이 미안했다. 아내의 기분을 풀어주려고 큰마음 먹고 영국에 가서 공부를 해보라고 권했다. 아이가 태어나기 전에 좋은 기회라며 고마워하면서도 남편을 혼자 두고 떠나기 미안했던 아내. 서른 살까지 아내는 부모님과 함께 살았고 집과 직장만 왔다 갔다 하느라 자유를 누리며 살아볼 기회가 없었다.

겨울까지 석 달 넘게 다시 헤어져야 하는 아쉬움이 있었지만 애써 덤덤한 척했다. 런던 도착 후 아내는 며칠 동안 민박집에 머물면서 방을 구하고 어학원도 등록했다. 오전에는 수업을 하고 오후에는 시내 구경을 다니며 완전한 자유를 만끽했다. 당시 월급의 대부분을 아내 학비와 생활비로 보내면서도 아내가 좋아하니 뿌듯했다.

12월, 회사 준공식을 마치고 곧장 런던으로 날아갔다.

100일이 지나서 부부는 다시 만났다. 결혼 첫해 신혼부부는 이별과 재회를 반복하며 각자 혼자 보낸 시간이 훨씬 길었다. 런던에서 아내가 지내던 집은 독립된 작은 방 외에는 주방, 세탁실, 화장실을 유학생들과 공동으로 사용하는 곳이었다. 불편해 보였지만 오랜만에 학생이 된 것 자체가 즐거웠다고 한다. 아내가 사용하던 작은 방에 있는 거라곤 책상과 싱글침대가 전부였다. 그날 밤 좁은 침대에 둘이 누워 소꿉놀이를 하듯 팔베개를 하다 잠이 들었다.

겨울의 런던 거리는 일찍 어두워졌지만 연말과 크리스마스 분위기를 즐기는 수많은 사람들로 넘쳐났다. 아내는 이미 런던 여자가 되어 익숙하게 나를 이끌어주었다. 이틀 후 아내의 짐을 정리해서 런던을 떠나던 날.

"다시 올 수 있을까? 아쉽다. 그래도 자기 덕분에 좋은 경험했어. 고마워."

아쉬움을 뒤로하고 우리는 공항으로 향했다.

**"우리, 다시 갈 수 있을까요? 아니, 다시 가요. 목적이 삶을 이끈다잖아요."**

# 아내는 선생님

아내는 외국어 습득 능력이 나보다 뛰어나다. 결혼 전엔 일본어를 조금 할 줄 안다더니 일본으로 신혼여행을 가서는 남편을 데리고 처음 가는 곳을 겁도 없이 잘 다녔다. 결혼 후엔 영국에서 몇 개월 살더니 영어 울렁증도 지워버렸다. 이제 폴란드에서 살게 되었으니 기본적인 생활회화를 배워야겠다고 아내는 브로츠와프 대학에서 외국인을 위한 폴란드어 과정을 등록했다. 어려워서 곧 그만둘 줄 알았는데 두 학기를 모두 마치고 제법 폴란드 말을 알아들었다. 영어를 사용하지 않는 재래시장에서 물건을 고르며 현지인들과 홍정도 척척 해냈다. 사실 폴란드어는 독일어나 러시아어도 아니고, 영어보다 훨씬 어려웠다. 미국과 가깝게 지내서인지 영어단어를 소리 나는 대로 폴란드식으로 바꿔 사용하는 경우도 있었다. 회사에서 영어로 일을 했지만 간혹 폴란드 말을 할 때면 팀원들이 웃으며 발음을 교정해 주곤 했다.

외국인 친구를 사귀면서 회화연습도 할 겸 아내는 매주 한 번씩 인터내셔널 클럽에 찾아가곤 했다. 모임에서 알게 된 스웨덴 아주머니를 통해 국제학교 보조교사 자리가 비었다는 얘기를 들었다. 아내는 열성적이었다. 일에 의욕을 보이는 아내의 얼굴에 생기가 돌았다. 며칠을 분주히 준비하더니 결국 보조교사로 일하게 되었다. 수줍음 많던 아가씨가 억척스런 아줌마로 성장해가는 모습이 보였다. 그런 아내가 자랑스러웠다.

학생들은 한국, 일본, 북유럽 기업에 근무하는 부모를 둔 자녀들이 대부분이었다. 아내가 영어와 간단한 일본어를 통역해 학부모들이 상담하는 데 도움을 주었다. 영어가 서툰 한국 아이들과 원어민 선생님 사이 소통에 문제가 있을 때 이해하기 쉽게 설명해주는 것도 아내의 몫이었다. 얼마 지나지 않아 아내는 학교에서 똑똑한 선생님으로 소문이 났다. 첫 월급을 받은 날은 스테이크를 직접 요리해 와인을 마시며 자축하기도 했다.

얼마 후 한국 아이들에게 국어와 수학을 가르치는 한글학교가 생겼다. 주재원은 보통 4년을 근무하고 귀국하기 때문에 한국의 교과과정도 공부해야 귀국 후 어려움 없이 적응할 수 있다. 자식 사랑이 유별난 학부모들의 요청을 대사관에서 받아들인 것이다. 한국에서 교과서가 도착했지만 학년마다 가르칠 마땅한 선생님이 없던 차에 아내가 추천되었다. 이후 아내는 토요일마다 한글학교에도 나가게 되었다.

아내의 공식적인 외도는 첫째를 임신하고 입덧이 심해지기 전까지였다. 한창 재미가 들었을 때 그만둔 것을 아쉬워했지만 아이를 키우는 데 좋은 경험이 됐다며 아쉬움을 달랬다. 두 개구쟁이의 엄마가 된 아내는 여전히 성장하는 중이다.

"결혼, 폴란드에서의 삶은 나를 재발견한 계기가 되었습니다. 자기표현에 서툴고, 한 걸음 물러서는 데 익숙했던 내가 어느새 억척스런 생활형 여자가 되었습니다. 한 껍질을 깨고 나니 세상이 조금 더 넓어졌습니다. 결혼이라는 틀 안으로 들어왔지만 그것은 벽이라기보다 아내에게 열린 새로운 문이었는지도 모릅니다. '앞으로도 우리 서로의 벽이 되기보다, 서로의 문이 되어줍시다.'"

# 노상강도

아내가 국제학교에 다닐 때 늘 내가 먼저 출근하니 아내를 학교에 바래다준 적이 없었다. 아내는 버스를 타고 전동열차로 갈아탄 뒤 10분 정도를 걸어야 했다. 학교 수업이 끝나면 오후 3시에 집에 왔다. 아내는 그날도 학교에서 역으로 걸어가던 도중 지인과 전화통화를 하고 있었다. 뒤에서 다가오는 인기척이 있었지만 그냥 지나가리라 생각하던 찰나, 다가오던 사람이 강도로 돌변해 아내의 전화기를 낚아챘다. 아내는 순간 뺏기지 않으려고 두 손으로 전화기를 잡았고 당황한 남자는 아내의 손을 때렸다. 아내가 비명을 질렀지만 주변에는 도와줄 사람이 없었다. 끝까지 전화기를 놓지 않던 아내의 손에는 결국 번호 자판만 남고 폴더폰의 윗부분은 부러진 채 강도가 갖고 사라져버렸다. 아내는 그 자리에 주저앉아 놀란 마음에 울기만 했다. 전화기가 부러졌으니 남편에게 연락을 할 수도 없었고 지나가는 아주머니의 도움으로 겨우 집으로 돌아왔다.

그날 저녁 퇴근 후 아내의 손에 난 상처와 부러진 전화기를 보고 깜짝 놀랐다. 자초지종을 말하면서 아내의 울음보가 터졌다. 갑자기 당한 상황이면 보통은 물건을 빼앗기더라도 다치지 않는 것이 더 중요한데, 아내가 무슨 이유로 빼앗기지 않으려고 버텼는지 모르겠다. 혼자 그런 일을 당하고 얼마나 무서웠을까. 크게 다치지 않아서 다행이지만 앞으로 같은 일이 생기면 그냥 주고 말라고 했다.

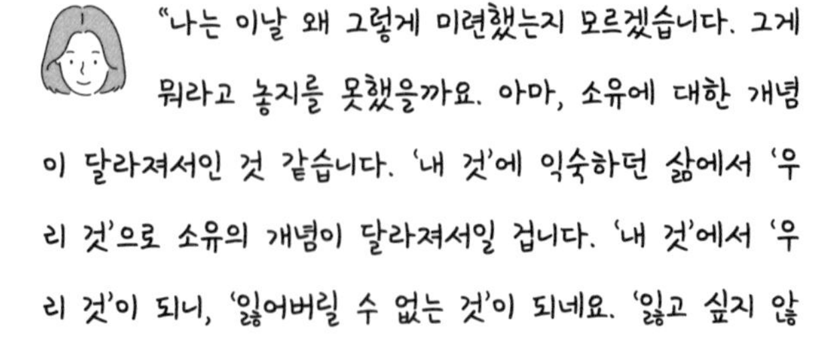

"나는 이날 왜 그렇게 미련했는지 모르겠습니다. 그게 뭐라고 놓지를 못했을까요. 아마, 소유에 대한 개념이 달라져서인 것 같습니다. '내 것'에 익숙하던 삶에서 '우리 것'으로 소유의 개념이 달라져서일 겁니다. '내 것'에서 '우리 것'이 되니, '잃어버릴 수 없는 것'이 되네요. '잃고 싶지 않은 것'이 되네요."

# 남편 혼자 떠난 유럽여행

그동안 고생했다며 아내가 나 혼자 여행을 다녀오란다. 진심이었을까? 아니면 6개월 남았으니 중간에 일이 생겨 못 가겠지? 하고 생각했을지 모른다. 작년 봄, 혼자 여행을 떠났다. 폴란드에 만든 회사가 10주년이 되었고, 우리 대학과 자매결연 맺은 유럽 대학의 행정제도 벤치마킹을 겸해 2주간 휴가 및 출장을 다녀왔다. 체코, 폴란드, 독일, 스위스, 이탈리아의 여러 도시를 누비며 오랜만에 자유를 즐겼다. 혼자라는 외로움도, 멋진 풍경이 주는 감탄도, 문득문득 떠오르는 아내와 아이들의 얼굴도 여행이 주는 맛이다.

2017년 5월 13일 토요일

• 낯선 그리움

친퀘테레Cinque Terre로 향하는 항구마을 포르토베네레Portovenere는 아담한 어촌을 닮았다. 하루를 묵었던 펜션 주인은 나이 여든을 훌쩍 넘긴 노부부다. 동양인이 반가웠는지 직접 만든 와인을 한 병 선물로 주셨다. 낡은 병에 붙은 라벨은 고급스럽지도 않았고 벗겨지고 때가 묻었다. 땀 흘려 한 해 농사를 일군 고향의 아버지 같은 마음이랄까. 감사하면서도 마음이 짠했다. 노부부의 흰머리만큼, 나이만큼 묵은 와인은 많은 이야기를 담고 있을 것 같다. 이 와인은 마시지 못할 것 같다. 노부부와 바다를 배경으로 기념사진을 남겼다. 다시는 만나지 못하겠지만, 낯선 그리움을 맛볼 수 있을 것 같다.

• 노인과 손녀

항구를 감싼 형형색색의 집들이 어깨를 맞대고 서 있고, 뒷골목은 미로처럼 사이사이로 이어져 있다. 어린 손녀와 손을 잡고 걸어오는 노인. 이방인에게 부드러운 미소를 지어 보인다. 나도 소녀의 머리를 쓰다듬고 손을 흔들며 지나쳤다. 멀어지는 뒷모습과 아이의 웃음소리가 그립다.

• 여인의 마음

거친 바다를 향해 망부석처럼 앉아 있는 여인의 조각상 앞에 발길이 멈췄다. 어부의 아내이거나, 혹은 멀리 뱃일을 떠난 아들을 기다리는 어머니인지 모른다. 고향에 계신 어머니, 포항에 있는 아내를 닮은 여인은 진한 그리움을 품고 있었다.

2017년 5월 15일 월요일

• 예술가 부부

이탈리아 크레모나Cremona, 이곳은 바이올린의 명산지다. 인구 7만 명의 조용한 도시. 세계적인 바이올린 제작자 안토니오 스트라디바리(Antonio Stradivari, 1644~1737)가 태어나고 자란 곳이다. 수작업으로 악기를 만드는 장인의 전통을 배우기 위해 세계 각지에서 많은 사람이 온다. 10년째 이곳에서 악기를 제작하는 한국인 마에스트로 신일동 씨를 만나기 위해 나도 그곳을 찾았다. 우리는 몇 해 전 스페인 바르셀로나에서 여행 중 우연히 만나 친해졌다. 그의 아내 역시 성악가로 밀라노에서 실력을 인정받고 있는 예술가다. 훗날 귀국해서 남편이 만든 악기로 성악을 하는 아내가 그려진다.

• 화려함과 당혹스러움

밀라노, 첫 느낌은 화려함과 당혹스러움이다. 두오모 성당은 정말 화려하다. 건축물을 예술작품으로 만든 이탈리아인들이 존경스럽다. 또한 광장에서 관광객을 노리는 상술도 단연 최고다. 비둘기 모이 주는 사진을 찍어준다는 콘셉트에 나도 모르게 당했다. 50유로를 그냥 내줄 수 없어, 협상하고 목소리도 높여 흥정해 반으로 줄였지만 당한 건 인정한다. 몇 시간을 머물고 지나치기엔 너무나 아름다운 도시.

2017년 5월 7일 일요일

• 20년 전 약속을 지키다

프라하 공항에 도착해 페이스북을 보니 25년 지기 친구로부터 반가운 소식이 들어와 있었다. 베를린에 살고 있으니 시간이 되면 만나고 싶다는 말에 당연히 일정을 변경했다. 이런 것이 자동차 여행의 묘미다. 베를린으로 가는 길목에 있는 볼레스와비에츠Bolesławiec에서 선물용 도자기도 샀다. 전쟁과 분단의 베를린 역사가 남겨진 시내 곳곳을 친구와 걸었다. 20년 전 유럽여행을 계획했다가 IMF로 포기했던 그 약속을 지켰다. 뜻밖의 만남이 더 기억에 남는 법.

"포항터미널에서 마주한 당신, 까맣게 탄 얼굴이 핼쑥했습니다. 여전히 사서 고생입니다. 2주간 혼자 4500킬로를 운전하며 모험과 경치를 즐기면서도 내내 가족이 그리웠다죠. 몇 년 후 가족 유럽여행을 위한 사전답사를 무사히 마치고 돌아와 다행입니다. 그래요. 다시 가요. 또 한 번 말하지만 목적이 삶을 이끈다죠."

# 에필로그

유신이가 태어난 지 8개월이 되던 해 여름, 자동차에 짐을 잔뜩 싣고 북유럽으로 향했다. 살아 있는 자연과 피오르드를 보고 싶어서 4,000킬로의 긴 여정을 시작했다. 독일 함부르크와 덴마크 코펜하겐을 거쳐 3일 차에 노르웨이 오슬로에 도착했다. 뭉크의 「절규」를 소장한 뭉크미술관에 들렀다. 두 손으로 얼굴을 잡고 비명을 지르는 「절규」를 보고 누가 더 닮았나 확인하고 싶었다. 먼 나라에서 좌충우돌하며 첫아이를 키우던 아내. 산더미 같은 회사 일에 파묻혀 있던 나. 작품 속 주인공은 바로 우리였다.

오늘도 아이와 남편을 위해 묵묵히 집안일을 다하는 아내의 소리 없는 절규에 귀를 기울여본다. 이 책을 읽은 많은 부부가 속마음과 고민을 나눌 수 있는 시간을 하루에 한 번씩 가지면 좋겠다. 산책도, 발 마사지도, 향이 좋은 커피도 서로를 한 뼘 더 가깝게 하리라.

아내에 관한 책을 써보기로 결심하고 원고를 채워가던 지난 겨울밤, 문득 '아내의 서재'가 생각났다. 남편과 아이들의 방은 책들로 가득한데 정작 책을 좋아하는 아내에게는 변변한 책꽂이도 없었다. '이남희'라는 이름을 사랑했는데, 지난 세월 꽃 같은 이남희만 잊고 살았다. 집안 구석구석 아내의 손길이 닿지 않은 곳이 없지만 정작 '아내만의 것'은 어디에도 없었다. 그래서 아팠던 것일까. 더 늦기 전에 책을 좋아하는 아내에게 서재를 만들어주고 싶다.

함께 걸어온 지난 13년을 기억하며 그리고 함께 살아갈 그녀와 가족의 삶을 글에 담아 아내의 서재에 한 장씩 채워가려 한다. 기억은 사라져도 기록은 사라지지 않을 테니까. 아내의 서재에 마주 앉아 두 사람 곱게 늙어가고 싶다.

2018년 가을, 김준범

부록

# 형이 주고 간 선물

2014년 3월 11일 아침. 포항공과대학교 직원채용 최종 합격자 발표가 있는 날이었다. 잠에서 깼지만, 형의 웃는 모습이 눈앞에 선했다. 밝은 얼굴에 뿔테 안경을 쓴 채 흰색 옷을 입고 있던 형. 내 기억 속에 남아 있던 가장 건강한 형의 모습이었다. 내 손을 꼬옥 잡고 반갑다며 어깨까지 토닥여주던 형. 그 토닥임이 어깨를 간지럽힌다. 형이 다정한 목소리로 내 이름을 불러주었다.

"우리 준범이, 잘 지내?"

“어. 형아, 정말 오랜만이다. 너무 보고 싶었어. 형도 잘 지냈어?”

형은 말없이 고개를 끄덕였다.

“갑자기 온다는 소식도 없이 어쩐 일이야?”

“보고 싶어서.” 내 손을 잡은 채 형이 대답했다.

형의 손을 잡고 따라간 곳에는 프로펠러가 달린 오래된 비행기 한 대가 있었다. 어린 왕자가 탔을 것 같은 동화스러운 비행기였다. 형에게 잘 어울리는 비행기다.

“같이 타볼래?”

형이 먼저 비행기 날개 위에 앉고는 내게 옆에 앉으라며 손짓으로 자리를 마련해주었다. 우리를 태운 비행기는 가볍게 하늘로 날아올랐다. 신기하게도 떨어지지 않는다. 무섭지도 않다. 시원한 바람을 온몸으로 만끽한다. 오랜만에 하늘에서 바라보는 마을들이 아름다웠다. 10여 년 전 군 복무 중 낙하산을 타고 하늘에서 내려다본 풍경과 닮았다.

“야~호! 혀~엉, 진짜 좋다.”

비행기는 흰 구름 속을 지난다. 입을 벌리고 구름을 마신다. 폭, 폭, 폭 입속으로 들어오는 하얀 숨, 숨, 숨. 구름 위로 오르면 파란 하늘과 태양이 눈부시다. 고요하고 따뜻했다. 비행기가 곡예를 펼친다. 한 바퀴 더 크게 태양을 향해 원을 그리고 다시 구름 속으로 빠져든다. 형과 나는 서로 바라보며 웃음으로 반가움을 대신했다.

"준범아, 앞으로도 건강하게 잘 지내야 해."

비행기는 흰 구름 위로 태양을 향해 멀리 날아간다.

우리는 손을 꼭 잡고 있다. 10년이 지나 만났고 언제 다시 만날지 모르기 때문에…….

2003년 11월 19일 초겨울, 그날을 잊지 못한다. 이미 종합병원에서 포기한 둘째 형을 집 가까운 병원으로 옮겼다. 병간호를 위해 급하게 농사도 접고 고향에서 올라오신 아버지, 어머니 그리고 큰누나, 작은누나, 큰형. 모두가 둘째 형과의 시간을 보내려고 모였다. 지난 5년, 아니 20년간 형이 아픈 것을 알면서 애써 모른 척했던 불안감이 마음속으로는 조금씩 자라고 있었다. 애써 더 씩씩하게 보이려 했지만, 나는 마음이 여린 막내였다.

형의 숨소리는 가늘었고 눈빛도 초점 없이 허공만 바라보았다. 묻는 말엔 내쉬는 숨에 겨우 묻어나는 작은 입소리로 반응했다. 긴 대화를 나눈 지도 오래다. 얼마 전 형이 눈앞에 무언가 보인다고 두려움에 떨었다. 나는 저승사자임을 직감했다. 눈에 보이지 않지만, 병실 구석에서 형을 바라보고 있을 검은 그림자를 향해 나는 있는 힘껏 소리쳤다.

"야! 이 새끼야, 여긴 너희들이 올 곳이 아니야! 가!"

이후 형은 가기 싫다고 몇 번을 울었다. 불길한 기분이 들었다.

시간이 가까워온 것을 가족들은 알 수 있었다. 형 머리맡에 앉아 손을 잡았다.

"형, 준범이야. 퇴근하고 오느라 좀 늦었네. 많이 기다렸지?"

"같이 출근할 때가 생각나. 형은 운전하는데 난 편하게 잠만 잤지. 그때 고마웠어. 형이 사주던 마파두부밥도 맛있었고……."

더는 말을 못 했다. 가슴이 아프고 답답했다. 뜨거운 무거움이 나를 짓눌렀다. 가족들은 아직 작별할 마음의 준비가 되지 않았다.

"태수야, 이 세상에서 고생 많았다. 아버지가 미안하구나." 아버지가 끝내 울음을 보이신다.

나는 애써 눈물을 삼키며 크게 심호흡을 했다. 형의 손을 꼭 쥐어 올렸다. 힘없는 형의 팔이 들린다.

"형아, 그동안 한 번도 하지 못한 말이 있어."

"이 말을 하지 못한 것도 미안했고, 앞으로도 못 할 것 같아 더 미안해."

"형아~"

"사랑해. 사랑한다고."

참았던 눈물이 봇물 터지듯 쏟아졌다. 두 볼을 타고 목덜미로 흘러내린다. 왜, 이제야 이 말을 했을까? 왜, 그동안 표현하지 않고 살았을까? 후회가 밀려왔다. 가족들도 기다렸다는 듯이 사랑한다고 말했다. 그 말을 듣고 형이 눈을 뜬다. 차갑던 손이 마지막 힘을 다해 내 손을 잡았다. 숨을 크게 들이마시고는 형이 한마디씩 내뱉었다.

"준범아, 나도 너~어 사, 랑, 해, 고, 마, 워."

형은 이 마지막 말을 남기고 눈을 감았다. 그 후 남은 가족은 한동안 울기만 했다.

서른두 살, 젊은 나이에 형은 세상을 떠났다. 장례식장에 찾아오는 사람들도 많지 않았다. 결혼을 앞두고 연인과도 헤어졌다. 자신의 운명을 예감했기에 마지막 사랑을 이별로 대신했다. 그 여인도 장례식장에서 한참을 울고 갔다. 나는 장례식 내내 울고 웃고, 또 울고 웃었다. 미친 사람처럼.

슬프고, 아팠다. 차마 마지막까지 하지 못했던 그 말을 하고 떠나보낼 수 있어서 다행이었다. 형도 그 말을 듣고 이 세상에 마지막 한마디를 남겼다. 그리고 마음 편히 떠났을 것이다.

식은 몸을 입관하고 화장터로 향했다. 타버린 몸은 몇 조각의 유골이 되어 가족 앞에 마지막 모습을 보였다. 두꺼운 유리창을 사이에 두고 가족은 다시 오열했다. 이후 형의 흔적은 작은 항아리에 담겨 나의 품에 안겼다. 따스한 체온을 전하려고 꼬옥 안아주었다. 형의 마지막 유언을 따라 북한강이 내려다보이는 양평 양수리에 모셨다.

형을 마음에 담고 나는 열심히 살았고 결혼도 했다. 형이 만들어준 길을 따라 유럽(폴란드)에서 근무하던 중 두 아들도 태어났다. 한국에 돌아와 포항공과대학교 직원공채에 지원했고 간절하게 최종결과를 기다리던 그날 새벽, 형이 꿈에 나왔다.

1991년 어느 봄날 형이 걷던 캠퍼스는 어땠을까? 개교 초기 포항공과대학교는 포항시민의 염원을 담아 박태준 설립자와 포스코의 지원으로 우리나라 최초이자 최고의 연구중심 대학 역사를 새롭게 쓰기 시작했다. 우수한 학생을 선발하기 위해 고등학교 최상위권 학생들을 초청하는 행사가 열렸다. 초청을 받고 다녀온 형, 나에게 들려주었던 흥분과 기대로 가득 찬 목소리가 기억난다. "포항공대 참 좋더라. 거기서 공부하면 정말 좋겠어."

꿈에서 깬 얼마 후 나는 최종합격 전화를 받았다. 형이 그렇게 가고 싶어 하던 곳에서 근무하게 된 것이다. 합격 소식을 형이 먼저 알려주려고 꿈에 나왔나 보다. 내가 합격하면 자신의 꿈도 이루는 것이기에. 죽어서도 동생을 위하는 고마운 형이다. 육사 합격이나 유럽 주재원 생활보다 내가 포항공대 직원인 것이 더 자랑스럽고 감사한 이유다.

김태수, 그리운 형의 이름이다. 비행기를 타고 하늘을 날던 순간이 너무 행복했다. 천국을 가보지 못했지만, 형이 살고 있을 천국을 꿈에서라도 보았다.

형이 걸었던 포항공과대학교 캠퍼스를 오늘도 천천히 걷는다. 형이 주고 간 선물에 감사하며.

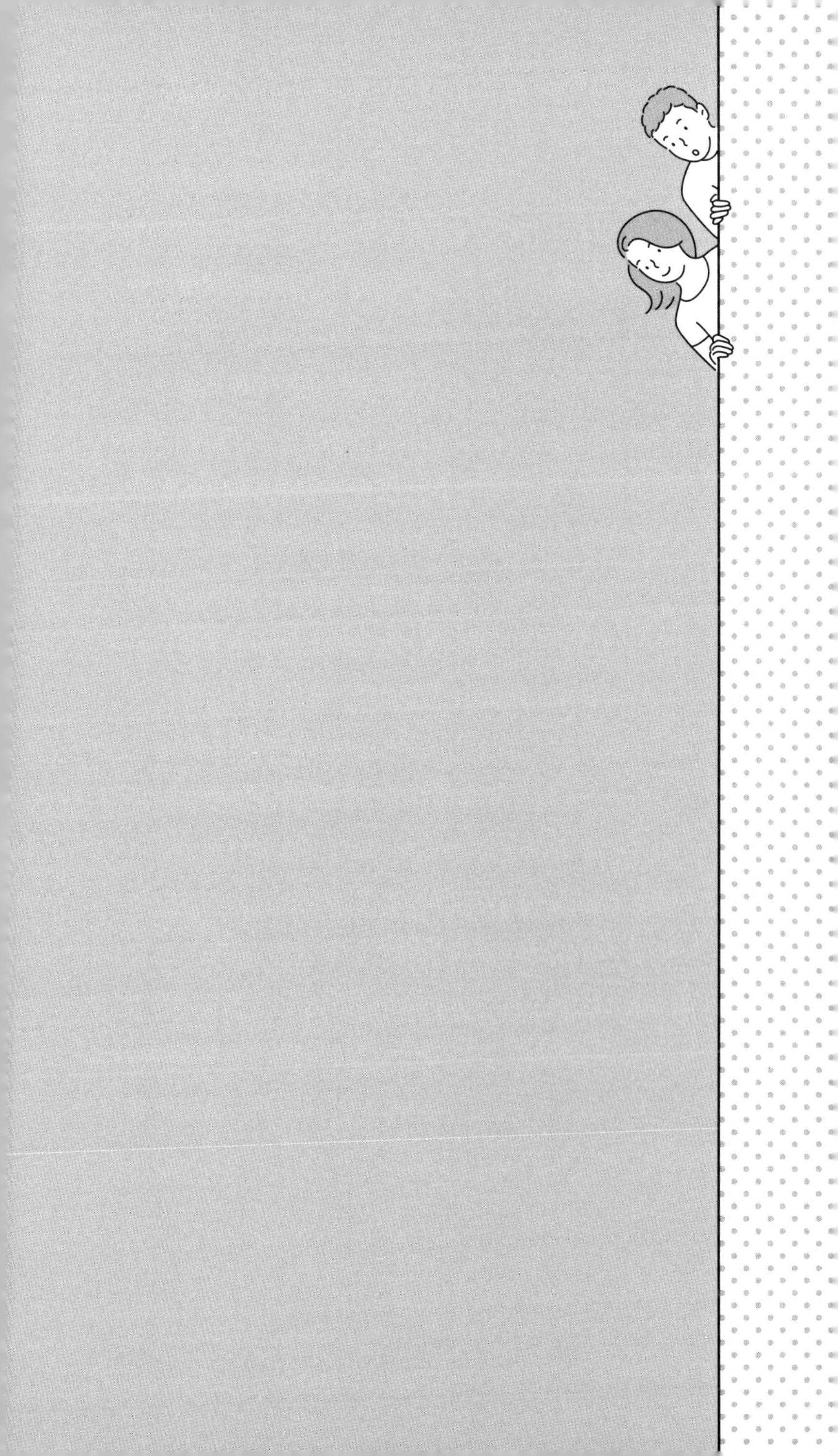

# 아내수업

초판 1쇄 발행 • 2018년 10월 26일

지은이 • 김준범
펴낸이 • 김요안
편　집 • 강희진
디자인 • 박정민

펴낸곳 • 북레시피
주소 • 서울시 마포구 신수로 59-1, 2층
전화 • 02-716-1228
팩스 • 02-6442-9684
이메일 • bookrecipe2015@naver.com | esop98@hanmail.net
홈페이지 • www.bookrecipe.co.kr | https://bookrecipe.modoo.at
등록 • 2015년 4월 24일(제2015-000141호)
창립 • 2015년 9월 9일

종이 · 화인페이퍼 | 인쇄 · 삼신문화사 | 후가공 · 금성LSM | 제본 · 대홍제책

ISBN 979-11-88140-41-1 (03810)

• 이 도서의 국립중앙도서관 출판예정도서목록(CIP)은 서지정보유통지원시스템 홈페이지(http://seoji.nl.go.kr)와 국가자료공동목록시스템(http://www.nl.go.kr/kolisnet)에서 이용하실 수 있습니다. (CIP제어번호: CIP2018032360)